RYU NOVELS

帝国海軍よろず艦隊④

和平のための戦争

羅門祐人

この作品はフィクションであり、
実在の人物・国家・団体とは一切関係ありません。

【目次】

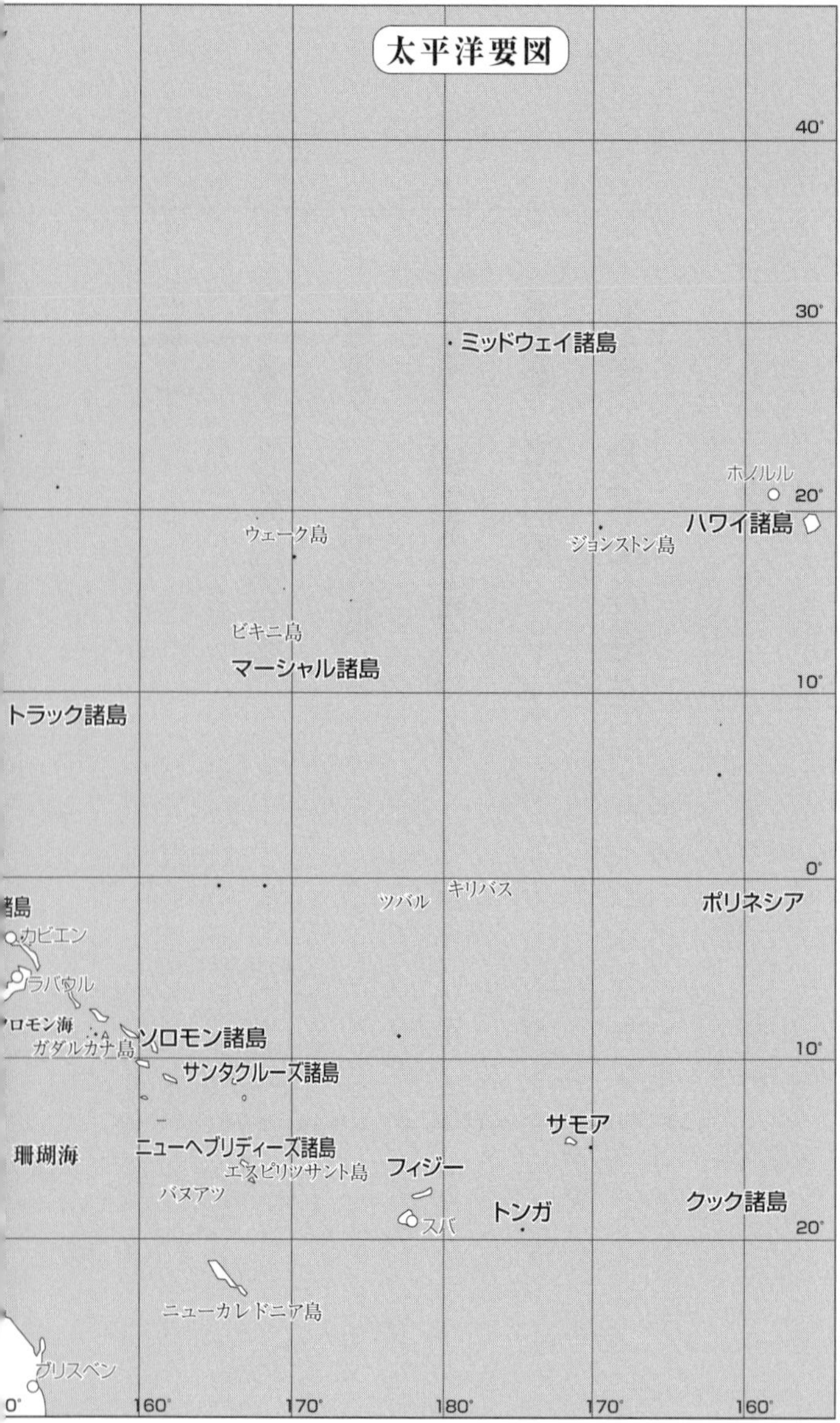
太平洋要図
40°
30°
ミッドウェイ諸島
ホノルル
20°
ハワイ諸島
ウェーク島
ジョンストン島
ビキニ島
マーシャル諸島
10°
トラック諸島
0°
キリバス
ツバル
ポリネシア
諸島
カビエン
ラバウル
ロモン海
ソロモン諸島
ガダルカナ島
10°
サンタクルーズ諸島
サモア
珊瑚海
ニューヘブリディーズ諸島
エスピリッサント島
フィジー
バヌアツ
クック諸島
トンガ
スバ
20°
ニューカレドニア島
ブリスベン
0°
160°
170°
180°
170°
160°

北京
中　国
上海
ビルマ
台湾
香港
タイ
仏印
サイパン
グアム
マリアナ諸島
フィリピン
ボルネオ島
シンガポール
スマトラ島
ソロン
ビスマ
ジャカルタ
蘭　印
ニューギニア島
ジャワ島
ポートモレスビー
ダーウィン
クックタウン
タウンズビル
オーストラリア
100°
110°
120°
130°
140°

第1章　合衆国の意図

1

一九四三年七月　中部太平洋

七月二〇日……。

日本は、早ければ六月中にも、合衆国の反攻作戦が実施されると読んでいた。

しかし、いくら南太平洋で派手な動きを演じようと、まったく反応がなかった。


このことは、すでに大本営陸海軍部でも話題になっている。さすがに、まだ御前会議で陛下が言及なされる事態には至っていないが、これも時間の問題だろう。

困惑しているのは日本だけではない。

合衆国に対する『講和を前提とした休戦交渉』、これを仲介するよう持ちかけた中国国民党政府も同様だ。何度もアプローチしたにもかかわらず、オーストラリア政府が動く気配が見えない。

国民党政府の密使が速やかにオーストラリア入りできるよう、日本はわざと見て見ぬふりまでしたのに……。

密使は香港から日本の商船に乗りシンガポールへ移動し、そこからジャカルタを経由して、なんと日本陸軍が支配するパプアニューギニアのソロンへ移動した。

ソロンからは地元の民間船で、南にあるセラム島のブラへ移動。そこで商談まがいのことをして時期を見定め、ある夜、華僑が運営する遠洋漁船をチャーターしてダーウィンへ渡る行動に出た。

ブラからダーウィンまで、約一〇〇〇キロ。日本にあてはめると、海路で福岡から東京まで行く距離にあたる。鈍足な遠洋漁船でも、三日から四日で到着できる距離だ。

しかし、すんなりオーストラリア本土へ足を踏みいれることはできない。

漁船はダーウィン北方の海域で、沿岸防衛を実施している豪州海軍の警備艇に臨検された。そして、国民党政府の密使が隠密裏に接触しようとしていることがわかり、ただちに空路で首都キャンベラへ運ばれた。

と……ここまでは順調だったのだが、その後がいけない。

密使と会ったのは首相や外務大臣などではなく、ランクの低い外務省のアジア局長だった。

それでも密使は、日本が中国戦線から撤退する条件で、豪政府に対し日米休戦交渉の橋渡しをできないかと、自分に与えられた任務を懸命に説明した。

オーストラリアに対するメリットは、言うまでもない。

休戦が続くあいだ、もしくは講和が達成されるまで、米豪連絡線の再連結と安全を保障することだ。これは現在、なによりも欲していることだから飛びついてくる……。

日本だけでなく国民党政府もまた、そう考えた。

しかし、それから一ヵ月以上たった現在でも、密使はホテルに軟禁状態のままだ。豪政府も密使に対し、なんら結論を伝えようとはしない。

豪政府さえ結論を出せば、密使はただちに中国大使館へ行き、そこから外交チャンネルを活用して中国本土へ結果を伝えることができる。

それすら、ホテル軟禁という手段で封じている のだ（当然、ホテルからの電話連絡も阻止されている）。

ここまでされると、豪州政府は合衆国への橋渡しをするつもりがないと考えるべきだ。

しかし孤立しているとはいえ、オーストラリアは連合国の一員であり、いまも日本と戦争を行なっている国のひとつである。

なのに、なぜ……。

『国民党政府が日本側に寝返り、連合国を罠にはめようとしている』

そう、豪州政府が考えている可能性がある。

また別の見方としては、いつまでたっても米豪連絡線を本気で奪還しようとしない合衆国に対し、根本的な不信感を抱きはじめている可能性もある。

しかし、肝心の密使が軟禁状態では、オーストラリアの状況を正確に知る手だてがない。

国民党政府からすれば、オーストラリアは同盟国だ。したがって、敵対的な活動をするスパイは送りこんでいないし、キャンベラの大使館が正式の外交手順を踏んで動いても、やんわりと拒絶されている。

まさに打つ手なしだった。

＊

「まずいな……」

日本との交渉のため上海にとどまっている張学良は、事態が進展しないことに焦りを感じていた。

重慶にいる蒋介石からは、連日のように状況を知らせるよう命令が来ている。

しかし日本代表の野村吉三郎は、新たな情報が入っていないため動きようがないと言うばかり……。

その上で、中国側が率先して情報を出さない限り、今後の進展は望めないとまで言い切ったのだ。

この秘密交渉が破綻すれば、間違いなく日本は現在停止中の日本軍侵攻を再開する。中国国民党政府は交渉に先立ち、日本軍すべてを山東半島へ撤収してほしいと条件をつけたが、一言のもとに却下されている。

そもそも『蒋介石政権を相手にせず』が基本だった日本なのだ。

その日本が、日中停戦まで持ちだして対米交渉の橋渡しを頼みに来たのだから、もし中国が使えないと判断すれば、ただちに他の国へ交渉役を変え、中国戦線は基本方針通りに再開することになる。

そうなれば、連合国からの支援が途絶えた中国国民党政府は、もはや座して滅ぶか、さもなくば、政府まるごと国外逃亡するしかない。

そこに、国家存続の可能性のある提案がなされたとなれば、もとから拒否できる立場ではなかった。

なのに話が進まない……。

国民党政府としては、日本軍が中国本土の何箇所かに駐屯するだけで他の地域からは撤兵してくれるのであれば、日中講和も視野に入れていいとまで考えはじめている。

どうせ山東半島は戻らないし、上海の租界も継続される。

これに香港の割譲か租借の条件がついても、他の地域が中国領として残れば国家として生き残ることができる。敗戦の色が濃い中での講和だから、この程度ですめば大成功といえる。

だから、いまの交渉遅延は、国民党側が意図的に行なっているのではない。

日本と国民党政府の両方が、オーストラリア政府の不可解な動きのせいで行動不能に陥っているだけだ。

そのオーストラリアですら、合衆国の思惑が見えないせいで動けないのだから、根本的な原因は合衆国にあることは確かだ。

問題は、合衆国の異変が、どう探っても見えてこないことだった。

「上海にいる限り、進展は見込めないかもしれない」

張学良は、かなり確信めいた口調で独白した。積極的に動かない限り、何も変わらない。ただ、どう動けばいいのか、それを決めかねている。

張学良が当面の根城としているのは、交渉場所となっている紅輝楼飯店に近い国民党陸軍詰所のひとつだ。

上海の治安を維持するために設置されている詰所だが、場所柄から要人の仮宿泊所となることもある。蔣介石が上海入りする時も、身辺警護の関係から、ホテルではなくここへ滞在することが多い。

それだけに、一流ホテルを上回る居室が用意されている。二重の塀と厳重な監視網に囲まれた詰所。その奥に三階建ての貴賓館がある。

いま張学良がいるのは、三階にある貴賓室だ。

「すでにフィジーとニューへブリディーズ諸島は完全に日本軍が確保しています。それだけでなく、ニューカレドニア北部の北岸にあるプエボに、帝国陸海軍が陣地と滑走路を構築したそうです」

リビングルームにいるのは張ともうひとり。帝国陸軍情報部上海支局長の瀬高一輝中佐だ。

日本代表の野村は、空路で忙しく日本と行き来しているため、もっぱら張の相手は瀬高に任されている。

場所が中国国民党の牙城ということもあり、瀬高は今日も民間人を装い背広姿だ。

「本来なら、焦るべきなのはオーストラリア政府のほうだ。なのに、なぜか動かない。これは中国政府としても予想外だ」

張学良は、あくまで中国という『国』を日本から守るために動いている。

したがって、一瞬たりとも国民党政府の走狗《そうく》になったつもりはない。たまたま情勢が自分の目的と合致したため、一時的に蒋介石の傘下に入っただけだ。

そうでなければ、ついこの前まで軟禁されていたはずがない。

本心では、国民党政府がどうなろうと知ったことではないと思っている。

しかし半面、国民党政府が瓦解し、中国本土が日本の支配下に入ることだけは、愛国者として断固阻止したい。ソ連の手先である中国共産党に国土を引き渡すなど、最初から問題外だ。

表むきは共産党寄りと思われている張が、内心ではこのようなことを考えていると毛沢東が知ったら、いったいどんな顔をするだろうか……。

「もしかすると豪州政府は、国民党政府抜きで日本と講和を行なう下準備をしている……そう見る動きもあります」

これは瀬高一流のブラフだ。

動かない中国側を揺さぶり、行動に移させようという意図が込められている。

実際、そのような憶測が日本国内にあることは事実だが、政府だけでなく軍部も、あまりにも楽観すぎる予想だとして無視している。

しかし、国民党政府を動揺させるには最適だ。

「いや、瀬高さんも人が悪いですな。もしそうなら、いま頃は中国政府がなりふり構わず、全力で橋渡ししていますよ。

　豪州政府による単独交渉は、中国にとって渡りに船です。すでに中国はメンツなど捨てて、ひたすら国家存続を模索しています。

　ですから、交渉に引き出すべき相手が率先して乗り出してくれれば、中国としては楽して結果を得ることができます。

　豪州政府の思惑がなんであれ、中国と日本が交わした密約は結果として有効になりますからね。

　しかし、現実は違います。いくら豪州政府を揺さぶっても、まるで動かない。

　私個人の考えですが、豪州政府は合衆国の出方をぎりぎりまで待ち、それでも動かないとわかれば、その時は躊躇《ちゅうちょ》せずに連合国を裏切って単独講和へ舵を切る……そう思っています。

　この場合だと、合衆国は関係ないどころか敵対する要因にもなりますから、中国と日本の密約も反故《ほご》となります。これだけは避けなければならない」

　ここで嘘やハッタリを言っても、なんの得にもならない。いま言ったことは、張の本心だった。

「豪州政府は、まだ決心がついていない……そうおっしゃるのですね」

　瀬高は、どちらかと言うと、雑談をしている雰囲気で話している。張をリラックスさせることも、自分の重要な役目と認識している証拠だ。

「はい。先ほどニューカレドニア島のことを話題にされましたが、日本としては、もとから全島を制圧する予定ではない。そうでしょう？

　最低限の拠点だけ確保し、ともかく陸軍部隊を駐屯させる。その上で滑走路を整備し、島の各地にある連合軍の滑走路や基地を銃爆撃する。

　むろん、連合軍の抵抗が激しいと予想される初期段階には、フィジーに残留している海軍部隊が支援に駆けつける。

ニューカレドニアは、もっとも幅のある場所でも、たった六〇キロしかありません。ということは、島の大半の地域が、戦艦だけでなく重巡の主砲射程内にあるわけです。

ここまで攻めやすい島もないですよね？　海軍部隊が島を一周しながら、夜間砲撃を実施するだけで、あらかたの連合軍基地が壊滅していくのですから。

さらに言えば、豪州軍単独での上陸奪還作戦は不可能です。米軍がいてこその豪州軍ですから、単独では上陸作戦を支える艦隊も航空隊も持っていません。

それがわかりきっているからこそ、日本軍は、いつでも撤収できる規模でニューカレドニアを攻めることができる。

守る側の連合軍も増援の可能性がない状況のため、いつオーストラリア軍が撤収のための隠密作戦を実施してくれるか、それしか考えていないはずです。

いわば豪州本土の喉元へナイフを突きつけられている状況なのですから、ここで判断を間違うと、本気で国が滅ぶと考えているに違いありません。判断を躊躇したり、きわめて慎重になったりするのも当然でしょう」

まるで日本軍の作戦参謀のように、張はよどみなく自分の憶測を口にした。

そしてそれは、あらかたが真実に近かった。

「どこから情報を得ているのか知りませんが、ずいぶん帝国陸海軍の作戦にお詳しいのですね。まあ、事の真偽を日本の情報機関員である私が答えるわけもありませんので、ここは聞くだけにしておきます」

瀬高も優秀さにかけては負けていない。

盛大な『引っかけ』にもかかわらず、涼しい顔で答えている。その上で追加の情報すら与えた。

「ニューカレドニア作戦で力強い味方となったのが、日本本土へ帰った第一／第二航空艦隊と交代するためやってきた、新設の第一一航空艦隊です。有馬正文少将率いる軽空母部隊で、対空改装された軽巡龍田を旗艦とする、軽空母『海鷹／神鷹／海燕／白燕』で構成されています。

彼らが、水上艦部隊の上空支援と敵航空基地の破壊を行なってくれたからこそ、水上艦部隊は安心して夜間の艦砲射撃を実施できたのです」

海軍の部隊名だけでなく、軍機となっている艦隊構成から指揮官名まで明かすとなれば、これは瀬高個人の判断ではない。

以前にも増して国民党政府の信頼を得るべきとの、日本本土からの強い指示があったからこそできることだ。

とはいえ、肝心な部分は隠してある。

第一一航空艦隊は、民間船改装の低速空母部隊だ。米海軍で言えば、護衛空母部隊に相当する。海燕だけは戦時急造艦だが、それも商船構造の輸送艦の設計を流用しているため、本来なら海戦などの艦隊機動には使えない。

それをあえて投入したのは、日本に多くの可動空母が残っていることを内外に示すためと、島の攻略には本格的な機動艦隊は必要ないためだ。

周辺海域に敵の空母がいないなら、空母機動戦は発生しない。

となれば空母は、移動する飛行場としての役目を果たせればいい。それには第一一航空艦隊の構成で充分なのだ。

海燕と白燕には各三五機、海鷹は二四機、神鷹は三三機の零戦／九九艦爆が搭載されている。総数一二七機。第一航空艦隊に比べれば地味だが、南太平洋海戦で大活躍した小沢部隊と比べれば遜色ない戦闘力を秘めている。

本来なら、すでに拡大試作機で訓練が始まっている新型軽艦上機シリーズ『駿星／雷天』を乗せたかったが、さすがに間に合わなかったらしい。

現時点では大型特務空母『ワスプ』が、零戦三二型／二式軽艦爆『駿星』試作機／二式軽艦攻『雷天』試作機を乗せ、日本海で訓練している。

訓練を終了した空母航空隊は、次に松本毅少将率いる第一〇航空艦隊の『大鷹／雲鷹／沖鷹』に配属となり、実動しながら訓練を続けることになる。

したがって、第一一航空艦隊に新型機が配備されるのは、ワスプでの試用で改良点を洗い出し、それをもとにした改良機を量産試作した後になるはずだ。

現在の南太平洋の状況が続く限り、従来型の艦上機でも大丈夫……そう判断したからこそ、現状のまま第一一航空艦隊を送り出したことになる。

実際、その通りなのだから何も問題はない。

第一一航空艦隊が、フィジーに展開している陸上航空隊と共同で一帯の制空権を確保している限り、合衆国海軍の艦隊はサモアから出てこれない。

そう考えると、ニューカレドニア作戦での支援などは、まったくついでの行動であることがわかる。本命は、あくまでフィジー周辺の制空権の確保なのだ。

瀬高の予想外な情報提供に、張学良は驚きを隠さなかった。

「ほう！　まったく日本海軍には、いったい何隻の空母があるのですかね。あれだけ空母を失ったというのに、すぐさま四隻を交代に出せるとは……」

その空母機動部隊がニューカレドニア付近をう

ろついているとなれば、豪州政府も生きた心地がしないでしょうな。やろうと思えば、一昼夜で豪州本土を爆撃できる距離ですから。

対する豪州陸海軍は、日本の空母機動部隊を阻止できない。陸上の航空基地も、事前に遠距離索敵で発見でもしない限り、夜間に近づき朝一番で爆撃を実施する空母航空隊を阻止することは不可能です。

それに……私の得ている情報によれば、ソロモン諸島の邪魔になっていたサンタクルーズ諸島も、これまでの『ただ破壊して放置する』策から、陸軍一個大隊を上陸させて、米軍の残した飛行場を再建する方針に変わったそうですな。

すでに二本の滑走路が修復を完了し、小規模な海軍陸上航空隊が常駐している。

つまり……米豪連絡線に影響を与える諸島群のうち、フィジー以西にあるすべての諸島が、いまや日本軍の手の内にある。

ここまでくれば、合衆国は嫌でも動かざるを得なくなる。誰でもそう考えます。しかし、動かない。これは異常です。異常すぎて、新たな解釈が必要なほどです。

日本軍は、オーストラリアに対する圧力を弱めていません。それどころか、パプアニューギニアのソロンへ大軍を送りこみ、いまでは中央部北岸にあるナビレまで進出している。

ナビレからはオーストラリア本土を空襲できます。つまり豪州政府から見れば、ついに王手をかけられた状況と言っていい。普通なら国中が大騒ぎになり、政府も瓦解しかねないほどの重大局面です。

そこに中国政府から渡りに船の密使がやってきたのですから、最速で対応して国の安全を確保すべきでしょう。なのに、やらない……」

何度も同じことをくり返す張学良。

それを見た瀬高は、もしかすると国民党政府は本当に困惑しているだけかもしれないと思いはじめた。

張学良も、限られた情報のみ与えられて会談に臨んでいる。その情報に決め手がなければ、いかに優秀な能力を持っていても、話を進めることは不可能だ。

しかも張に与えられた情報の中には、日本軍の極秘事項もまざっている。

昨年一二月、帝国陸軍第一五軍は、パプアニューギニアの西端にあるソロンへ方面軍の基幹基地を設置した。

その後の半年のあいだに、大きな湾を形成しているチェンドラワシ海の最深部――パプア中央部の北岸にあたるナビレを攻略し、そこに本格的な陸軍航空基地を設営しはじめている。

ナビレからダーウィンまでは一一三〇キロ。オーストラリアにある米軍機で到達できるのは、双発もしくは四発機に限られる。

米陸軍の最新鋭戦闘機となるP‐51なら、大型増槽をつければ最大三六〇〇キロも飛べるから、やろうと思えば爆撃機の護衛任務も可能だ。

しかしP‐51は、主に英国支援に用いられていて、インドへの配備は行なわれているものの、これまで太平洋へは配備されていない（ただし米陸軍は、今回の最終決戦にマーリンエンジンを搭載したP‐51Bを投入する予定で、すでにハワイには護衛空母で輸送済みらしい）。

したがって、長距離爆撃機の護衛任務は、いまだにP‐38が担うしかない状況が続いている。

護衛戦闘機がP‐38なら、帝国陸軍の新型機となる飛燕改（空冷改装機、ハ‐109）は言うに及ばず、二式戦『鍾馗《しょうき》』でも対抗できる。

ダーウィンを日本軍が攻撃する場合には、屠龍《とりゅう》改と呑龍《どんりゅう》改（ともに排気タービン仕様）の組みあわせとなる。

屠龍改は、もともと強力だった屠龍を排気タービン仕様にしたことで、ハ‐102一基につき、じつに一三九〇馬力も絞り出している。これが二基だから二七八〇馬力だ。

しかもこれは遠距離護衛用に調整した省燃費エンジンであり、燃料タンクの大型化もあって、航続距離は二五〇〇キロに達している。

余裕が出た出力により、燃料タンクの大型化と防弾装備の充実が可能になった。

肝心の武装は、もとから三七ミリ機関砲一門、二〇ミリ機銃三挺、七・七ミリ機銃一挺と強武装だったものを、三七ミリ機関砲一門、二〇ミリ二挺（両翼）、一二・七ミリ二挺（機首）、一二・七ミリ旋回機銃（後部座席）と強化されている。

最高速度は五八〇キロ。速いとは言えないが、そのぶん中間加速が大幅に改善されている。

双発爆撃機の呑龍改も健在だ。現在、量産試作段階に入っている三式双爆『飛龍』と交代する運命にあるとはいえ、排気タービンを与えられてパワーアップしているため、まだまだ現役でいられそうだ。

双方の戦闘機を比べると、最高速はP‐38が圧倒的だが、格闘戦で重要になる中間加速では屠龍改が優っている。

攻撃力は屠龍改が圧倒的だ。P‐38には二〇ミリと一二・七ミリ機銃五挺で撃ち勝つ。敵爆撃機には、三七ミリ機関砲が牙をむく。

いかに堅牢な米軍の重爆撃機であっても、三七ミリ機関砲弾を一発食らえば大穴があき、下手すれば空中分解してしまう。

双方の基地を守る戦闘機は、日本側が圧倒的に有利だ。

米豪連絡線が極端に細っている現在、ダーウィンの各飛行場は、既存機の部品にすらこと欠くありさまとなっている。

基地直掩用の戦闘機も、主力がP - 39とP - 40のまま。これではとても屠龍改を阻止できない。なんとオーストラリア陸軍は、東部にある主要都市を死守するため、米軍から供与された虎の子のP - 47すべてを東海岸へ配備してしまったのだ。

ニューカレドニア付近に第一一航空艦隊がいるだけで、この状況ができてしまったのである。

日本陸軍によるダーウィン爆撃は六月中旬から始まった。

最近では珍しく海軍航空隊との合同ではなく、純粋な陸軍の単独作戦である。なぜなら海軍航空隊は、ニューギニア東部とラバウルの海軍航空隊が総力を結集し、南部沿岸にあるポートモレスビー爆撃に専念しているからだ。

ラバウルの主力航空隊は、すでにソロモン方面に移動している。

かつて幅をきかせていた台南航空隊は、中核となる零戦隊が空母航空隊に変身したせいで、いまラバウルにいる海軍航空隊は、いずれもマレー方面から移動してきた新規の部隊となっている。

彼らは、いずれ来るポートモレスビー攻略作戦の地ならしのため、連日のように出撃している。

ポートモレスビー攻略は、フィジーのような一時的な制圧が目的ではない。

日本は終戦時の日本領域に、パプアニューギニア全土を含めている。ポートモレスビーも、のちには日本領となる大前提で攻略作戦が立てられているのだ。

そのためのニューギニアを南北に貫く軍用道路は、すでに去年の段階から工事が始まっている。

ラバウルに近い北東部のラエを起点とし、南に延びる谷にそって最深部のワウ地区まで、約九〇キロの未舗装道路が整備された。

現在は、ワウから南西へ延びる谷を使い、オーエンスタンレー山脈の低い部分をぬうように南下する予定だ。そして山脈を越え、南岸のテラポに前進基地を設営する。

ここまでが攻略作戦の前段階となる。

テラポに簡易滑走路と補給陣地を設営してからが本番だ。ここから南東へ一七〇キロ、海岸沿いに進撃すれば、そこはもうポートモレスビー。

しかし、この一七〇キロを踏破するのは、相当の困難をともなう。ポートモレスビーには陸軍部隊だけでなく、強力な航空部隊も常駐しているからだ。

そこで、テラポを確保した段階からは海軍の支援艦隊を出して、陸海空すべてを使って連合軍を排除することになっている。

当然のことだが、これらの動きはオーストラリア側も察知している。

米豪連絡線の途絶により、オーストラリア国内には絶望的な気分が蔓延《まんえん》しつつある。そこに日本軍が、ポートモレスビーとダーウィンに対し直接的な攻撃を仕掛けはじめたとなれば、次は東海岸から北東部地帯が危うくなる。

なぜなら、ポートモレスビーから豪州本土の北東部にある要衝クックタウンまで七五〇キロしかない。北東部最大の都市タウンズビルまで、一一四〇キロ……。

どちらも日本軍の爆撃半径にすっぽり入っている。

普通に考えて、タウンズビルが廃墟と化せば、次にやってくるのは日本海軍の上陸部隊になる。タウンズビルに日本軍が橋頭堡を築き、そこに航空基地を作られてしまえば、もう終わりだ。

ブリスベンまで一〇六〇キロ、シドニーまで一五九〇キロ。

タウンズビルは良港でもある。そこに連合艦隊がやってくれば、東部の沿岸各都市だけでなく、南東部のメルボルンやアデレード、やや内陸にあるキャンベラですら安全ではなくなる……。

まさに国家存亡の危機である。

それら恐怖の未来を暗示させる動きに、豪州政府はどう対応すべきか。

いずれ合衆国が助けてくれる。そういった声は、フィジーが陥落して以降の米軍の動きが皆無に近いため、とうの昔にかき消えている。

いまや『孤立無援なまま、どう戦う?』が主題となっている。

その中には、秘密裏に単独和平への道を模索するプランまで入っているらしい。むろんそれは連合国に対する最大の裏切りであり、文字通り最後の手段だ。

しかし……。

最後の手段ですら検討対象にあがるほど、オーストラリアの絶望は深いのである。

どこまで正確かはわからないが、これら一連の情報を張学良は与えられている。その上で、不可思議だと首を傾げている。

今日のところは進展なしと判断した瀬高は、話を切り上げるため口を開いた。

「ともあれ……次の野村特使との会談は、来週の七月二五日となっております。それまでに、新たな情報があればご連絡します。

とはいっても、あくまでお知らせできる範囲内の情報だけですが。それ以上のことは、そちらの情報網で入手してください。

もっとも、私個人の考えでは、これ以上は合衆国の真意がわからない限り、どうしようもないと思います。

　肝心の合衆国は、日本側が予想していた反攻時期を過ぎても、いまだに大きな動きを見せていません。

　たしかにインド洋方面やアリューシャン方面で新たな動きはありましたが、あれは時間稼ぎのための陽動作戦でしかないと結論が出ています。

　問題は、陽動までして、なぜ時間を稼がなければならないのかということです。時間がたてば苦しくなるのは、合衆国のほうなのですから」

　瀬高の疑問は、もはやこの一点に絞られている。

　結局は合衆国の思惑次第なのだ。

　その合衆国は、いったい何を待っているのだろうか……。

2

七月二九日　中部太平洋

　マーシャル諸島北東部に位置する、ユトリク・アトール環礁。

　となりにあるタカ・アトール環礁と合わせて、日本軍の中部太平洋における最東端の前線基地となっている。

　とはいっても、基地はユトリク環礁のみだ。タカ環礁のほうは、まともな陸地がない。

　ユトリク環礁の南東部にあるウトリク島に、滑走路二本を有する日本陸海軍合同のユトリク基地がある。

　ちなみにユトリク環礁のウトリク島ではまぎらわしいとのことで、ウトリク島を『望洋島』と名づけたものの、いっこうに定着せず、現在もウトリク島の名が常用されている。

「真夏の中部太平洋は、まったく平穏だよなあ」

遠洋改型の飛行艇母艦『央洋』の右舷飛行甲板の端に立った田無孝三一等兵曹が、甲板に座り込んで握り飯を食っている同僚の荒畑信治一等兵曹に話しかけた。

「なにもなくて幸いだぜ。だからこうやって、のんびり飯が食える」

二人は、カタパルトに設置されている襲天三二型の搭乗員だ。

飛行艇母艦では一艦につき一機が、つねに緊急発進に備えてカタパルト待機となっている。定期的に暖機運転をしなければならないから、ただカタパルトに据えつければよいわけではない。

だが、サイパンを出発してここまで、一度も緊急出撃命令が出ていない。

定時の周辺索敵と対潜哨戒でも、一隻も敵潜は見つかっていない。マリアナ海域からマーシャル海域までは、完全に日本の海になったかのようだ。

ウトリクへ物資を運ぶ定期輸送船団。それを護衛している、サイパン警備府所属の第三護衛隊。

遠洋改型の『央洋』、鶴型の『波鶴』、灘型の『大灘』『満灘』四隻、襲天改三二型八機、襲天改二二型六機（灘型は三基搭載）。

広域護衛艦『奥尻／利尻／焼尻／生月』、広域海防艦『海防改〇五／〇六／〇七／〇八』の八隻が護衛についている（本来は一二隻構成のはずだが、四隻はなんらかの理由で外されているらしい）。

現在地点は、マーシャル諸島北端にあるロンジェラップ環礁の北西一八キロ地点。西一二五キロには、ビキニ環礁基地がある。

護衛対象は、マーシャル諸島の各島基地へ物資を運ぶ中型輸送船四隻だ。

本来、この規模の船団護衛なら二個分隊（母艦二隻／護衛艦六隻）が担当するのだが、場所がミッドウェイやハワイに近いため、敵航空隊の出現を考慮し、母艦四隻の構成にしたらしい。

ウトリク基地から米軍のハワイ方面における最前線――ジョンストン島とミッドウェイ島まで、おおよそ二三〇〇キロ。ハワイのオアフ島にある真珠湾まで、三六〇〇キロ。

これらはいまのところ遠い存在だが、それでもここに日本海軍の機動部隊が進出すれば、ほんの一日か二日前進するだけで、それらすべてが攻撃半径に入ってしまう。

なのに米軍がマーシャル諸島に手を出せないのは、ここが徹底した航空守備態勢にあるからだ。

ウトリク島単独での航空戦力は、単発戦闘機三六機／単発爆撃機二八機と、そう多くはない。

だが同規模の基地が、マーシャル諸島全体で四箇所もある（他に予備滑走路二箇所）。すべて合わせると、二四〇機を超える大戦力だ。

さらには、三箇所の水上機基地もある。そこには三個陸上襲天隊（一二機）と三個対潜水上機隊（一八機）、三個飛行艇隊（六機）が常駐している。なんでも屋の襲天隊、対潜特化した零式対潜水上機、長距離索敵から爆撃・雷撃まで可能な大型飛行艇……。

これらは南太平洋で米海軍の『主敵』とまで言われた、広域海上護衛隊に匹敵する戦力だ。不用意に接近すると痛い目にあう。

このことを米海軍は痛いほど知っている。

さらに、さらに……。

同海域には新たに中部太平洋潜水艦隊として、新型伊号潜『伊五〇〇型』六隻、在来型伊号潜一六隻、新型呂号潜『二〇〇型』八隻、在来型呂号潜八隻が展開している。

このうち呂号潜はマーシャル諸島の各基地に仮泊していて、作戦実施の時だけ出撃する。作戦がない時は周辺海域の警戒に専念しているから、各島に接近する艦船があれば、たちまち魚雷の餌食になってしまうだろう。

荒畑が握り飯を食い終え、水筒の水を一口飲もうとした時。

いきなり空襲サイレンが鳴りはじめた。

「襲天二番機、緊急出撃！」

全力で走ってきた甲板長が大声で叫ぶ。

「敵ですか」

「わからん！　ビキニ基地の対空電探が、北東方向からやってくる正体不明……いや敵航空機集団を発見した。目標はビキニじゃなく我々だ。まっしぐらに向かって来ている。

そこで各母艦の緊急出撃機に、他の襲天が上がるまで上空直掩するよう命令が出た。だから、急げ!!」

「了解！」

最低限だが情報は得た。

これで足りなければ、上空に到達したあと短距離無線電話で聞けばいい。

脱兎のごとく愛機へ走る二人。

すでにカタパルトでは、甲板員が火薬設置作業を行なっている。襲天二番機は、定期的に暖機運転しつつ待機していたため即時出撃が可能だ。

一分後。

打ち出された矢のごとく、襲天二番機は大空へ舞い上がった。

＊

同時刻、マリアナ海域。

カビエン基地所属の広域護衛隊は、グアム南方三五〇キロの海域にいた。今回は分隊出撃ではなく、四隻の母艦すべてが出る『護衛隊出撃』だ。

ニューギニアで採取された原油や鉱石・ゴム・原木を日本本土へ運ぶということで、かなり大規模な護衛船団が組まれた。二隻の大型輸送船と六隻の中型輸送船、四隻の鉱石運搬船、さらには四隻の大型タンカーがいる。

そこでニューギニアのマダンからサイパンまで、広域護衛隊が総出でつきそうことになったのだ。いや……『総出』という表現は正しくない。

現在のカビエン広域護衛隊には、新たに二隻の飛行艇母艦『大洋／紅洋』と八隻の広域海防艦が加わっている。

既存の部隊がカビエン第一広域護衛隊、新規部隊が第二広域護衛隊となり、めでたく二個隊構成に発展したのだ（第二はまだ半数配備だが）。

同時に陸上襲天隊も拡大され、八機態勢となった。

この新体制が完成したからこそ、定期航路の大規模護衛任務を引きうける余裕が出たのだ。

「おい、菊地。暇か」

菊地恵太は、いつものように三国惣吉と、遠洋の兵員食堂で非番つぶしをしていた。そこにひょっこり、白羽金次第一編隊長が現われた。

「はあ、暇といえば暇ですけど。じゃなきゃ、こんなとこでグダグダしてませんよ」

「そうか。なら三国と一緒に、艦橋に上がってくれ。艦長がお呼びだ」

わざわざ菊地たちを探しにきたのだから、大事な用事に違いない。二人は即座に了解し、わけも聞かぬまま艦橋へ向かった。

八分後……。

「本当ですか⁉」

驚きに大声をあげる菊地がいた。

二人の前には、丸山清六艦長が立っている。横には遠洋の前田清美副長もいて、細かい説明は副長が行なった。

「ああ、事実だ。サイパン所属の第三護衛隊が、護衛していた輸送船もろとも壊滅的な被害を受けた。

母艦の満灘と波鶴が沈み、央洋も発艦不能だ。襲天一四機のうち八機が落とされた。二機が修復不能……なんとか飛べるのは四機しかない。護衛の海防艦は銃撃以外受けなかったから、全艦が無事だ」

「本当に、敵は艦上機だったんですよね」

三国が念を押すように聞く。

広域護衛隊の得た情報は、第三護衛隊が放った断末魔の通信を傍受したものだ。

襲ってきたのは、米海軍のＦ４Ｆとドーントレスらしい。その数、五〇機あまりと通信にあった。

上空に一機の襲天も上がっておらず、緊急出撃できるのも四機のみでは、どうあがいても被害はまぬがれない。

近くに敵空母部隊がいる場合、各母艦から二機ずつ（灘型は一機）、合計で六機が直掩態勢で上がる決まりになっている。

だが直前まで敵空母の情報がなかったため、通常の警戒態勢でいたのだ。

それと運も悪かった。襲われた位置は、ちょうどビキニ基地の航空隊による支援を受ける直前だったのだ。

事実、敵機が来襲した一六分後には、一二機の零戦が駆けつけている。

だが敵機は、まるでそれを予見していたかのように、さっさと攻撃を切り上げて飛び去ったのである。

「ああ、間違いない。その後、ビキニ基地から出撃した陸上襲天隊四機が、ウェーク島南方五二六キロ地点に、四隻の軽空母を中核とする軽巡と駆逐艦構成の中規模機動部隊を発見している」

「当然、攻撃したんでしょうね」

ビキニ基地には襲天隊だけでなく、陸海軍の航空隊が常駐している。

第三護衛隊と輸送船を支援するため零戦隊を送り出した後だが、少なくとも陸軍戦闘機隊と爆撃隊は、そのまま出撃できたはず……。

基地にあるのは九九艦爆／九七艦攻／隼二型／鍾馗だが、敵部隊の位置はビキニ基地から三三〇キロしか離れていないため、即座に攻撃隊が出撃すべき状況といえる。

「ああ、出た。戦闘機三〇機、艦爆二〇機、艦攻一〇機で構成される陸海合同部隊だ。でもって戦闘結果は、戦果ゼロ。被害二二機……大敗だな」

「そんな馬鹿な！」

黙っていた三国が大声をあげる。

すぐ副長に注意され、おとなしくなった。

「ああ、たしかに馬鹿げた出来事だ。敵は軽空母四隻。空母航空隊の半数が出撃した後だから、母艦には五〇機くらいしか残っていない計算になる。

普通に考えるなら、残っているＦ４Ｆは最大でも二〇機くらいだろう。ビキニ基地もそう考え、三〇機の戦闘機で対処しようと思ったらしい。

ところが、ビキニ航空隊が現場に到着してみると、敵部隊の上空に五〇機のＦ４Ｆが待ち構えていたのだ。

敵は我々の反撃を予想して、航空攻撃に使うドーントレス以外は、すべてＦ４Ｆを積んでいたらしい。そして、手持ちの戦闘機すべてを直掩に上げていた……なんともはや、思い切りのいい采配だ」

常識外れの作戦だが、確実に先読みできていれば、これほど有効な策もない。

丸山艦長の話を聞いていた菊地が、怪訝《けげん》そうに聞いた。

「あのー、なんか敵艦隊の動きかたって、前に何度も味わったような気がするんですけど」

「貴様もそう思うか？　じつは峯風にいる秋津隊司令も同じ考えらしい。貴様らを呼んだのも、秋津司令が経験豊富な貴様らの意見を聞きたいとのことだからだ」

「でも……南太平洋で恐ろしいほどの策をめぐらした敵指揮官は、敗軍の将ということで更迭されていてもおかしくないですよね。

もしかすると、あの知将の愛弟子《まなでし》みたいな提督でもいるんですかね。

なんか先読みする具合とか、こっちの行動に合わせて常識外れの戦いかたを選択するとこなんかが、あの空母機動部隊を指揮した人物にそっくりなような……」

「そこらへんは、秋津司令に話してくれ。まもなく峯風から発動機付きボートがやってくる。いまは船団護衛中だから、艦をとめるわけにはいかんからな」

「はあ……」

この時期に、あの恐るべき知略をめぐらした敵指揮官が、軽空母部隊を率いてやってきたかもしれない。

もしそうなら、合衆国海軍は南太平洋を諦めて、中部太平洋で反攻作戦を実施することにしたのだろうか。そうちらりと思った菊地だったが、あわてて考えを打ち消した。

一介の襲天乗りが考えることではない。

それこそ秋津司令や、さらに上の瀬高和義少将あたりが判断すればいいことだ。自分は丸山艦長の命令に従い、峯風で意見具申するだけでいい。

　そう考えた。

「本艦艦尾傾斜路に峯風のボートが到着しました！」

　艦橋後部監視員が開けられた窓越しに報告する。

　艦尾には、襲天を引き上げるための牽引装置がある。そのフックを使えば、たとえ航行中でもボートを傾斜路のすぐそばまで引きよせることが可能だ。

　ただし、接近するためには速度が必要なため、原動機（小型エンジン）がないボートでは無理な行動である。

「さあ、急げ。先方では粗相のないようにな」

　最後の注意は余計だが、菊地たちは元気よく返事をすると、今度は飛行甲板最後尾にむけて走りはじめた。

＊

　旗艦の峯風に移動した菊地と三国は、まっすぐ艦内にある士官食堂へ案内された。

　そこには秋津司令と隊参謀長の数馬秀平中佐、そして菊地には馴染みのある宗道継作戦参謀の三名がいた。

　宗作戦参謀から意見を言うように急かされた菊地は、丸山艦長に言った内容を、もう一度くり返した。

「やはり貴様もそう思うか」

　秋津と数馬が目を合わせてうなずく。

　どうやら護衛隊上層部でも、同じ意見にたどり着いていたようだ。

「三国二等兵曹……だったな。そう固くならなくてもいい。貴様は、なにか気づいたことはないか」

　ふたたび宗が口を開き、三国に意見を言うよう催促する。

「は、はい。状況については菊地と同じ意見ですが、操縦士として気になったことならあります」

「かまわん、気づいたことは全部言ってくれ。貴様の一言が、今後の我が隊の運命を決めることになる……かもしれん」

重ねて秋津が大変なことを言ったせいで、かえって三国は恐縮してしまった。

「あの、その……あくまで自分だけ感じたことかもしれませんが、ともかく言います！

敵の空母部隊は、近くにビキニ環礁基地があるのを承知の上で、サイパン警備府の護衛隊を攻撃しました。

敵空母部隊、護衛隊、ビキニ基地の位置関係を見る限り、ビキニ基地が航空攻撃隊をくり出すタイミングは、護衛隊が攻撃された直後に限られると思われがちです。

でも、もしビキニ基地が、敵空母部隊の位置を確実に把握してのち攻撃を仕掛けるとすれば、まず陸上襲天隊なり水上機なりで索敵を実施して、発見と同時に攻撃隊を出撃させることになります。

索敵後に出撃の場合は、敵航空隊が母艦へ戻るほうが先になると思います。最悪、着艦作業中にビキニ航空隊の攻撃を受ける可能性もあります。

そう考えると、敵空母部隊は日本側の攻撃を、時間的に見て二回あると想定すべきです。当然、空母部隊を直掩する艦戦も、半数ずつ上げるはず……。

でも現実には、空母に残した艦戦すべてを直掩に上げていました。しかも、最初から敵襲が必ずあるとの大前提で、五〇機すべてを艦戦で固めていました。

これは敵の指揮官が、この時点でしか日本側の航空隊がやってこないと確信していたことになります。

ええと……長くなってすみません。つまりですね、以前にも似たような感触を味わったことがあったので思ったのですが、敵の指揮官はあらゆる状況を読みぬいて、日本側の行動を完全に予測していたからこそ、艦戦全機を直掩にあげる決断をくだせた……そう思うんです」

言われてみれば、その通りだ。

さすが現役の操縦士だけあって、細かいところに気づいている。

「三国、前にも似たようなことと言ったが、そうなると、今回の敵空母部隊を指揮しているのは、南太平洋で連合艦隊が戦った指揮官と同じ人物ということか？」

この質問は数馬参謀長のものだ。

「はい、そう思います。だいたい、敵空母航空隊の配分からして、艦爆が二〇機少々なのに対して艦戦が七〇機もいるのは、あまりにも片寄りすぎています。

まるで最初から、一回だけ航空攻撃できればいい想定で最低数の艦爆だけ搭載して、残りはすべて艦戦で固めたみたいですよね。

自分は、本当にハワイを出る前から、そう想定していたと思うんですよ。最初から最後まで、こちら側の反応を予測して、それをもとに航空隊の編成まで変えて出撃してきたのです。

もしかすると、出撃目的そのものからして、護衛隊と襲天を潰すことだったのかも。それが南太平洋で痛い目にあわされた報復なのか、それとも今後のことを含めての実験的なものなのかはわかりませんけど……。

ともかく、日本側の基地航空隊の反撃の時期まで完全予測した上で、最大数の直掩機で迎え撃った……これって南太平洋で、南雲艦隊と小沢艦隊を翻弄《ほんろう》した敵空母部隊とそっくりだと思いませんか?」

「おまえ、すごいな……」

状況判断は自分でもまんざらではないと思っていた菊地は、三国のほうがより深く物事を見ていることに驚いた。

「数馬、どう思う?」

三国の意見陳述が終わると、すぐ秋津司令が口を開いた。

クロスのかかったテーブルには、全員ぶんの湯飲みがあるが、誰も手をつけていない。

「私も三国と同意見です。これほど切れのよい采配をできる指揮官が、都合よく何人もいるとは思えません。おそらく同一人物でしょう」

「となると、困ったことになるな。南太平洋で相手にした人物が、新たな軽空母部隊を率いて中部太平洋で活動を始めたことになる。

ならば、南太平洋はどうするつもりなのか。フィジーの索敵報告では、サモアに戦艦を含む大規模な艦隊が集結しつつあるとあった。この動きとも矛盾している」

この半年間、南太平洋は日本軍のやりたい放題が続いている。

連合軍はサモアの守りを固めるばかりで、他の地域には、まったく手を出さなくなったのだ。

米豪連絡線は、まだ健在ですとアピールするかのように、細々と南極に近い大回りコースのみ維持している。

当然、実際の輸送量は、最盛期の七分の一近くにまで激減した。

それでも連合軍の戦力は徐々に増大している。フィジーにいる陸上襲天隊と九七式飛行艇、さらには陸軍の百式司偵を使った広域索敵により、四月頃からサモアに戦艦五隻を含む大規模艦隊が常駐していることがわかっている。

いまのところ空母は見つかっていないが、大本営の判断では、サモアより遠方の海域にいるのだろうとなっていた。

確認されている戦艦は、ノースカロライナ／コロラド／メリーランド／カリフォルニア／アイダホとなっている。いずれもハワイの真珠湾にいた艦だ。

ノースカロライナが四〇センチ砲搭載艦なのを除き、他はいずれも三五・六センチ砲搭載艦。これは艦隊決戦を想定しているのではなく、あくまで諸島奪還戦に用いるための編成と思われる。

つまり米海軍は、ハワイに温存していた古い戦艦（一部は真珠湾攻撃での被害艦を修復したもの）を、米豪連絡線奪還のために出してきたことになる。

しかし、いくら戦艦を出しても、空母がいなければフィジー奪還作戦は実施できない。

そのための空母も、この七ヵ月間である程度は融通できているはずだ。

この前の南太平洋海戦でも、米海軍は空母部隊をぎりぎりまでハワイにとどめていた。ハワイの戦略的な位置関係を考えれば、それが当然の措置なのだ。

だから今回も、先に戦艦部隊を出してサモアの防備を固め、いざ本番となれば、一気にハワイから空母部隊を出して作戦を実施する。そう日本側も想定していた。

となると……。

常識的に考えれば、反撃の準備が整ったと見るべきだろう。

そのような状況の中、突然に中部太平洋へ軽空母部隊が現われ、米海軍にとってきわめてめざわりだった襲天を搭載する護衛隊を襲った……。

広域護衛隊の幹部が、菊地や三国ら下っ端にまで意見具申させたのも、この状況を深刻だと判断しているためだ。

秋津が思案顔になっているところへ、菊地が浅《せん》慮《りょ》な質問をした。

「連合軍は南太平洋を諦めて、中部太平洋で一気に決着をつけようと考えたんでしょうか」

すぐに、宗が少し苦笑いぎみに答える。

「それがわかれば苦労せんよ。だいたい、いま我が隊は護衛任務中だ。にもかかわらず、こうして状況判断を行なっている意味を、貴様も少し考えたほうがいいぞ」

「自分は、一介の軍曹ですので……」

考えるのは士官の役目。

曹兵は上からの命令を確実にこなせればいい。

これは軍隊の常識だから、菊地の反論は正しい。

だが、上層部はそう考えていないらしい。


皆を代表する形で秋津が口を開く。

「菊地……貴様、このまま生き長らえたら、どうなるかわかってるのか」

「……へ？」

「襲天飛行隊の編隊長は、いまのところ白羽大尉を最上に、下は一等兵曹まで幅が広い。しかし、現在の広域護衛隊には六個飛行分隊、一二個編隊、全部で二四機がいる。

そこで近い将来、飛行隊の大幅な階級見直しが行なわれる。飛行隊長の白羽が大尉なのは動かんが、その下はある程度の統一がなされ、すっきりした階級で命令伝達が確実に行なわれるようになるはずだ。

その時、貴様がいつまでも機長で一等兵曹の身分では困るんだよ。最低でも編隊長というのが相応だ。でもって今後は、編隊長は少尉となっている。つまり、貴様は少尉に昇進することになる。

士官昇級試験をすっ飛ばしての現地特別昇進だ」

これは驚いた。

いくら護衛総隊内の階級とはいえ、海軍の伝統や任官制度まで無視して大幅改革が実施されるなど、おそらく連合艦隊や大本営海軍部では予想していないはずだ。

完全に横須賀の総隊司令部と及川古志郎司令長官の独断と思われる。

だが南太平洋海戦で、連合艦隊が及川の猛烈な抗議を無視した事実があるため、多少の無理は通すと及川が考え、護衛総隊も意地になっているとすれば、この無茶な判断も通る可能性が高い。

「菊地が士官に？　へー」

驚くというより、かなり茶化すような感じで三国が言った。

「三国、貴様も同じだ。いつまでも操縦士が前席より下だと示しがつかん。昇級する時は、貴様も一緒に行なう。貴様も特進で少尉だ」

「えーっ！」

二曹から少尉の二階級特進だと、戦死者なみの扱いになる。当然、他の部隊員からのやっかみも酷《ひど》くなるはずだ。

それを予期しての声だった。

「思うところはあるだろうが、すっぱり諦めろ。貴様らの戦果やらなにやらは、いまでは海軍上層部にまで届いている。

身近で見ている我々だから、貴様らが普通の隊員なのはわかっているが、よそから見れば陸軍の加藤、海軍の坂井なみのエースだぞ？

有名になれば、それなりの代償を払わねばならない。まあ、給料も少しは上がるから、それで納得しろ」

いやいやいや……。

少尉の給料なんてたかが知れている。失うもののほうが大きすぎることを、二人はすでに重々承知していた。

「司令、そろそろ判断なさってください」

あらたまった様子で数馬参謀長が促した。

「わかった。ともかく我々は予定通りサイパンにむかう。その上でサイパンに数日間とどまり、横須賀の命令を待つことにしよう」

「となるとカビエン方面は当面、第二広域護衛隊に任せることになりますが……」

「私は、サイパンにいる飛行艇に便乗してカビエンに戻る。こっちの指揮は貴様に任せる。だからカビエンは、私と瀬高基地司令に任せてくれ」

どうやら敵空母部隊の出現で、広域護衛隊の予定が変わる可能性があるらしい。

相手は、すでにサイパン護衛隊に大被害を与えている。

この流れを見ると、三国の言う『米海軍は南太平洋での戦闘から学び、率先して護衛隊と襲天を潰しにかかった』という説も、それなりの説得力を持っているように思える。

そこに無策のまま広域護衛隊が出ていけば、サイパン護衛隊と同じことになりかねない。

しかも秋津は不在……。

悪い予感しかしない。

3

八月一日　世界

太平洋がざわめきはじめた七月末が過ぎ、北半球では真夏の八月がやってきた。

そこへ驚天動地の知らせが舞い込んだ。八月一日、いきなり『モスクワ陥落』の第一報が届いたのだ。

情報の発信元は、モスクワを落としたドイツ中央軍、グーデリアン率いる第1機甲軍団だった。

ドイツの対ソ連方面戦は、ロンメルとグーデリアンの二大方面軍が、モスクワをめざして春から攻め続けていた。

冬のレニングラードで痛い目にあったドイツ軍は、おおよそ半年かけて態勢を立て直し、それまでの北方重視策から一八〇度転換した南方重視策に切りかえた。

こうなると誰もが、ヒトラーの肝いりで南方方面——黒海方面へ投入されたロンメル軍団が本命で、グーデリアンの中央方面軍は、追い詰められたソ連軍が正面突破をねらう隙を与えないための盾役だと思う。

事実、ロンメルはルーマニアからウクライナへ侵入し、オデッサに対し包囲網を形成すると後続部隊にオデッサを任せ、さっさと北東方向へ進軍、ついにハリコフを落としてモスクワ侵攻の橋頭堡を確保した。

あとは最後の、ソ連側の防衛線となるヴォロネジを落とせば、もうその先にはモスクワしかない。ロンメルは、たった半年でハリコフまでやってきたのだ。

その間、グーデリアンの中央方面軍は、ずっと北にあるレニングラードを気にするあまり、スモレンスクで身動きができずにいた。

レニングラードは凄まじい被害を出した上で、ようやくドイツ軍の支配する地となった。しかしソ連軍も諦めてはおらず、いまも南東一六〇キロにあるノヴゴロドに大軍を張りつけ、レニングラード奪還の隙をうかがっている。

それらすべてをあざ笑うかのように、ロンメルは手薄な南部から攻め上がってきたのである。

そして六月一五日。

それまで動かざること山のごとしだったグーデリアンが、ついに動いた。同時にロンメルも。なんとヒトラーの作戦は、二方面軍による同時かつ電撃的な侵攻だったのだ。

ソ連は、ここぞという時のために確保していたT‐34（ウラル以東へ工場を疎開させた上での新規生産ぶん）を、グーデリアンに対し一〇〇〇輌、ロンメルに対し八〇〇輌と、ほとんど在庫を一掃する勢いで投入した。

ここに、のちの世に残る史上最大の二大戦車戦『コロコリニアとリベックの戦い』が発生したのである。

世紀の大戦車戦は、たった二日で決着がついた。

最初に起こったグーデリアン部隊との衝突――コロコリニア平原戦は、一回目の衝突こそロシア側が圧倒し、ドイツ側は三号戦車と四号戦車からなる正面部隊のうち一八〇輌を撃破されて五キロほど後退した。

しかし当日の夜、平原の北と南に分かれて密かに進撃したパンター部隊が、平原中央を奪取したT‐34部隊を急襲、夜明け前に撤収したにもかかわらず、T‐34二二〇輌が撃破されてしまった。

平原中央にいたソ連戦車は六二〇輌ほどだったから、残り四〇〇輌前後に減った計算になる。後方に四〇〇輌ほどの予備戦力があるとはいえ、ソ連側は南北からの挟撃に恐れをなし、西側五キロにいるグーデリアンの本隊に突撃できなくなった。

そこにドイツ軍の砲兵部隊が、渾身の大口径砲による長距離砲撃を仕掛けたのだ。

ドイツ側は、最初から戦車戦で決着をつけるつもりはなかったのである。

攻撃の主体となったのは、中央方面軍所属の一八式一七センチ加農砲／二一センチ長砲身臼砲／一八式一五センチ重野砲だ。いずれも一〇キロ以上の有効射程があり、しかも戦車にとって大敵となる高角弾道を描くことができる砲となっている。

さらには、後方はるかに待機していた一二門ものクルップK5砲——二八センチ列車砲が、これでもかと巨大砲弾を長遠距離から叩き込んだ。

これにより夜明け後、三時間が経過した時点で二六〇輛のT‐34が撃破され、ソ連軍はたまらず平原東部まで撤収するはめに陥った。

このチャンスを逃すグーデリアンではない。

ただちに南北にいるパンター部隊に前進を命じ、ソ連軍の後方集結地点となっていた平原東端部を挟み撃ちにした。

そして最後に、平原中央部を突っきってきた主力部隊（四号／三号／駆逐戦車部隊）が突入した。

さすがに後がないソ連軍は一昼夜にわたって後方陣地を死守したが、三方から攻められては太刀打ちできず、二日めの深夜にほとんど崩壊状態で撤収していった。

グーデリアン、大勝利！

ここで誰もが、そのまま遮《さえぎ》る者のいなくなったモスクワへ大驀進《ばくしん》すると思った。

ところがグーデリアンは、コロコリニア平原を東へ抜けた森林地帯で停止し、いったん戦力の再編成を実施する様相を見せはじめた。これもまた、近日中にモスクワを制圧するための前準備と見られた。

だが違った。

六月二六日、モスクワ最終防衛線をあわてて構築しはじめたソ連軍に対し、ハリコフにいたロンメル軍団が、ついに侵攻を開始したのだ。

あくまでロンメルを『南の抑え』と考えていたソ連軍は、完全に裏をかかれた。それでも最終防衛線用に集結させていた戦車八〇〇輛をリベックまで南下させ、そこでロンメル軍の侵攻を阻止しようとした。

　対するロンメルは、最初は戦車で対抗せず、なんとスツーカ爆撃隊を使った徹底的な航空殲滅《せんめつ》戦を仕掛けたのである。

　平原戦車戦を想定していたソ連軍は、戦車を森の中に集結させていた。そこに急降下爆撃を食らったのだから、逃げるに逃げられない。

　哀れ八〇〇輛のうち一五〇輛あまりが戦闘不能に追いやられ、ソ連戦車部隊は戦わずに六五〇輛にまで目減りしてしまった。

　ここまでくれば、数に劣るロンメルにも勝機が出てくる。

　ロンメルに与えられた戦車は六〇〇輛弱。ただし、このうち二〇〇輛がパンターで、なんと六〇輛がティーガーⅠ型だ。

　さらには最新型駆逐戦車『ヘッツァー』が、全力前倒しで量産した結果、半年以上も早くロンメルに手渡された。

　その数、八〇輛。三九式七・五センチ対戦車砲を搭載した、本格的な戦車キラーである。

　これに従来型の四三式Ⅰ型八・八センチ対戦車砲搭載のナスホルンが四〇輛もいる。

　そしてロンメルらしさがもっとも出たのが、これらのドイツ軍最強とも言える装甲車輛を側面から支えるため、戦車部隊に寄りそって移動する擲弾兵部隊を全面的に駆使しはじめたことだ。

　ヒトラーが今年の五月末に再編させたばかりの第11ＳＳ義勇装甲擲弾兵師団――通称『ノルトラント』が、ロンメルのために与えられた。

　ノルトラントは、第Ⅲゲルマン SS 装甲軍団を率いているフェリックス・シュタイナーSS大将の指揮下にある部隊だが、それをあえてヒトラーはロンメルに与えたのだ。

　これはおそらく、シュタイナーにロンメルの手綱を握らせるための策だと思われるが、そのようなことで飼い馴らされるロンメルではない。

かえって優秀な部隊を活用できると、早々に最前線へ投入したことになる。

擲弾兵部隊は、歩兵に分類される地味な部隊と思われがちだが、ロンメルは彼らに対戦車地雷と対戦車砲、携帯装備のパンツァーまで与えて、完全な対戦車部隊へ変身させた。

彼らに守られた戦車部隊は、ほぼ無敵だ。

ソ連の歩兵は屈強だが、対戦車戦に特化された存在ではない。

まずソ連軍の歩兵部隊を四号／三号戦車で露払いし、T-34が出てきたらパンターとティーガーで狙撃する。これをソ連の砲兵部隊が支援しようとすれば、すかさずスツーカ爆撃隊が砲兵陣地を潰す。

こうなると、パンターとティーガーを阻止する役目は、ソ連軍の歩兵となる。そこで、擲弾兵の本領である『擲弾』が威力を発揮する。

実際には、これに小口径の迫撃砲を加えた近接砲撃戦が展開され、自動小銃や機関短銃が主力のソ連軍歩兵を圧倒したのである。

最後は、お定まりのドイツ戦車による蹂躙《じゅうりん》……。

リベックに来た八〇〇輌のソ連戦車は、やはり二日足らずで二〇〇輌にまで減らされ、やむなくモスクワ方面へと遁走した。

そして七月一〇日。

大勝したロンメル軍団を警戒していたモスクワ防衛隊は、ここぞとばかりに西から突進してきたグーデリアン部隊に隙をつかれた。ロンメル軍団も、二日遅れで南からモスクワ近郊に到達、こちらも全力で攻める態勢を見せた。

二正面に最大級の敵を迎えてしまったモスクワ防衛隊は、とても防ぎきれないと判断して、すぐさま防衛線を縮小しはじめた。

同時に、モスクワにいたスターリン以下の政府中枢は、予定通りにウラル以東へ避難を完了、ただちにスヴェルドロフスクへ遷都すると発表した。

事実上、ここにモスクワは、市民と防衛隊まるごと見捨てられたことになる。それが当初からの予定だったとはいえ、残された者にとってはまさに悲劇である。

当然のごとく、モスクワを死守しようという気概もなくなり、防衛隊はいつ逃げ出すかばかりを考えはじめた。

それらを見透かすように、ロンメルとグーデリアンは、まるでシーソーゲームのように片方が攻めている時、もう片方は退避勧告を実施した。

モスクワ防衛隊が東方へ退避すれば、ドイツ軍はその後を追撃しないとまで言い切ったのだ。

ただし、ドイツ側も悪辣《あくらつ》ではある。

退避していいのは防衛隊のみで、ロシア市民の退避は認めていないのだ。モスクワを攻略した後、モスクワ市民を労働力として活用することを隠そうともしていない。

それでもなお、モスクワ防衛隊には選択肢がなかった。モスクワを逃げ出しても、ウラル山脈にたどり着くまでの数百キロのあいだ、ほとんど味方の軍がいないのだ。

スターリンはウラル山脈を実質的な最終防衛線と見なし、そこからモスクワまで広がる穀倉地帯と、その真ん中を流れるボルガ川を天然の阻止線として活用するつもりなのだ。

阻止線には最低限の部隊を常駐させる。本隊は天然の要塞であるウラル山脈に陣取り、敵の侵攻を深くまで行なわせた上で、ウラル近くで撃退する。とくに冬の反撃が有効になることは、すでにレニングラードで実証済みだ。

これで時間を稼ぎ、あとは合衆国の欧州戦線直接介入を待つ。これがスターリンの立てた起死回生の策略だった。

かくして……。

わずか一ヵ月と少々で、あっけなくモスクワは落ちた。

初のモスクワ入りがグーデリアンになったのは、その後の政争を避けたいロンメルが譲ったためだ。実際には、どちらが先でもおかしくない状況だった。

モスクワ中心部を制圧したドイツは、ただちに世界へむけて盛大に喧伝《けんでん》しはじめた。

連合国の一翼を担うソ連の首都が陥落した。連合参加国の首都陥落は、形式上の参加となっているフランスなどを除くと初めてのことだ。

まさしく世界全体に、超特大のインパクトを与えたことになる。

その影響は、混迷するオーストラリアだけでなく、宗主国たるアメリカ合衆国にまで及びはじめたのだった。

＊

ワシントン、ホワイトハウス。

チャーチル英首相の怒号のような要請により、異例のことだが緊急の連合国最高会議が開催されている。

出席しているのはルーズベルト大統領のほかに、英国から飛んできたアンソニー・イーデン外務大臣、カナダのマッケンジー・キング首相、会議に参列できないオーストラリアは、渡米していたサー・アール・ペイジが政府代表となっている。

今回の会議は英国が要請したため、議長はイーデンが務めている。

「モスクワが陥落した以上、もはやドイツの英国侵攻は不可避となっております。少なくともチャーチル首相はそう考え、全連合国に対し、全面的な欧州戦線への直接参戦を要請しています」

議長というのにイーデンは、ここぞとばかりに英国の窮状を訴えている。

それにしても……全連合国による欧州戦線への直接参戦とは、チャーチルも無茶なことを言い出したものだ。

実際問題として、いま会議に参加しているのは四ヵ国のみであり、他の連合参加国はオブザーバーすら呼ばれていない。

いかに主要国とはいえ、このメンバーですべてを決定するのは無茶だ。

「フランスやオランダなどの亡命政府、さらにはソ連や中華民国などの意志確認をしなくていいのか」

当然のようにルーズベルトが口をはさむ。

「ソ連は首都を奪取されたばかりですから、反対するはずがありません。中華民国はいささか複雑な立場にあり、連合国からの支援が途絶している現在、生き残りのため日本と秘密裏に接触しているようです。

非公式ながらオーストラリア政府に対し、中華民国から米日休戦に関する打診があったとも聞いております。これは中華民国の発案というより、日本の戦争終結のための模索ではないかと判断しております」

腐っても英国は、大英帝国連邦の宗主国だ。

その外相であるイーデンが、連邦構成国であるオーストラリアの内情を知らないわけがない。いま言ったことからみても、かなり詳しい情報が、すでに英国へ渡っているようだ。

イーデンの発言をチャーチルの意志と受けとったルーズベルトは、隠す気配も見せず即答した。

「たしかにソ連のスターリンからは、外交ルートによるモスクワ陥落の報と同時に、我が国による対ドイツ戦直接参戦の強い要請があった。

これまでの軍事支援だけでは、もはやウラル防衛すら、できるかわからないと言ってきた。さらにはソ連の危機につけこみ、満州にいる日本軍がシベリアへ侵攻しないか疑心暗鬼になっているらしい。

まあ、我が国の情報機関による分析では、満州日本軍にシベリアを攻める能力はないと出ているが、今回のモスクワ陥落を受けて増援されるかもしれないから、近い将来としてはありうるかもしれないと答えておいた。

ただソ連は我が国に対し、対日参戦をうながす国際謀略を仕掛けた張本人だ。

今年になって国務長官がコーデル・ハルからエドワードに変わったのは、公表されている健康問題ではなく、じつはソ連の情報組織と深い関係にあったことが露見したため、更迭したからだ。

同時に我が国の各種情報機関に極秘の大統領命令を下し、国内に潜伏している共産主義者を一人残らず拘束した。その結果、ソ連は日本に対しても、対米参戦を実行するよう激しく裏工作したことがわかった。

日本は一九四一年の段階で、ゾルゲ事件としてソ連工作員を多数逮捕している。したがってソ連の工作は、開戦前の段階で日本も気づいていたことになる。我が国のほうが長く騙されていたことになるな。

味方である我々をあざむいてまで、日本のシベリア侵攻を阻止しようとしたスターリンを、私も正直なところ信用できなくなった。あれほどチャーチル首相がスターリンを毛嫌いしていたわけが、いまになって理解できた気分だ」

対日戦を強力に押し進めてきたルーズベルトの口から、このような反省の言葉を聞けるとは、参加している誰も予想していなかった。

肝心のイーデンですら、『本気か』といった表情を浮かべている。それを見たルーズベルトは、かすかに自嘲《じちょう》じみた笑いを浮かべた。

「私は弱気になったつもりはない。ただ、私を騙す輩《やから》を許せないだけだ。もしかすると日本が、開戦直前まで私と直接交渉を嘆願していたのは、ソ連の陰謀を知らせることで、なんとか日米開戦を阻止したかったからかもしれないな。

そう考えると、その後に太平洋で失った莫大な米国資産と多くの将兵たちに対し、私は責任を取らねばならないことになる。ただし、責任をとって大統領を辞するつもりはない。私は戦時の大統領であり、戦争に勝つ以外の目的を持ってはならないからだ。

では、混迷を深める第二次世界大戦をどう終わらせるか……その方向性を示すのが、この会議の役目となっている。

そのような会議において、過去の間違った判断をもとに采配を振るっていては、未来はなにも決まらない。だから今回、私は議長席を譲ったのだ」

ルーズベルトが、国家の指針を大転換しようとしている。

誰もがそう思った。

「では、中華民国による非公式なオーストラリア政府に対する打診を、合衆国は正式に受け入れるおつもりですか」

イーデンにしてみれば、合衆国が対ドイツ戦へ参戦してくれるなら、いかなる理由であっても賛成するつもりだ。

その糸口が、豪州政府による日米休戦への仲介となれば、なんとか実現させようと考えるのも当然である。

「正式もなにも……まだ我が国はオーストラリア政府から公式・非公式を問わず、日米休戦に関する一切の打診を受けていない。

いま現在に受けているのは、一日も早い米豪連絡線の全面回復と、南太平洋における本格的な日本軍駆逐のための作戦実施要請だけだ」

ルーズベルトの返答ではごまかされているが、豪州政府が合衆国への打診を渋っているのは、いつまでも自国の要請に応えてくれない合衆国に対する不信が根底にあることは確かだ。

それを知らぬルーズベルトではないが、ない袖はふれない。

いくら同盟国だからといっても、合衆国の安全を低下させてまで守るつもりはない。大増産された軍備は、まず最初に合衆国のため使われる。そこで余裕が出た場合のみ、同盟国のために供給されるのだ。

ルーズベルトの内心を読んだイーデンは、すぐさまオーストラリア代表のペイジを見た。

「豪州代表にお聞きします。豪州政府は、場合によっては日本との単独講和を模索するおつもりがあるのですか」

恐ろしいほど単刀直入な質問だった。

当然、ペイジは驚きで硬直している。それでも代表となった責任感から、震える声で答えた。

「……そ、それは、私の一存では答えられませんし、今回の参加にあたり、本国からの事前情報にも、そのようなことは一切書かれておりません。よって、お答えできないとしか……」

イーデンの真意は、ペイジから真偽のほどを引き出すことではない。

この会議において、豪州政府が合衆国との関係を悪化させてまで、単独で講和を模索する可能性があることを明言することにある。

あとがない英国が、連合国の結束よりも、自国の生き残りを優先する意志を明らかにした瞬間だった。

これが、チャーチルがイーデンに託した英国の真意……。

そう受けとめたルーズベルトは、さすがに顔を引き締めて口を開いた。

「オーストラリアが日本との単独講和を実現すれば、それは明らかな連合国に対する裏切りとなる。連合国からの即時追放はむろんのこと、下手をすると敵対国家指定すらありうる。

とはいえ……貴国政府の苦境もわからんではない。南太平洋の真ん中で孤立し、連合国からの支援も日々細るばかりでは、小規模な日本軍の爆撃にすら脅えなければならないからな。

そこで、先ほど私が言ったことを思いだしてほしい。そもそも日米戦争は、ソ連の秘密工作により勃発した。幸いにも致命傷になる前に国内の共産勢力は駆逐できたが、日米戦争は混迷を深めるばかりで解決の線が見えない。

当初の予定では、戦争の早期で日本海軍を撃破し、短期間で対日戦に勝利する予定だった。いまになっては、なんとも楽観的な予想だったわけだが、これもハル長官を筆頭に、ホワイトハウス内に深く根を伸ばした共産主義者どもの陰謀あってのことだ。

そう……我々は現在、ドイツのナチズムと日本の帝国主義に対し戦いを挑んでいる。しかし、これに新たな敵である共産主義が加わった。

そして、対共産主義という一点においては、日本のほうがずっと先に敵対していたことは周知の事実だ。遅ればせながら、我が国も同様の視点に立った。

これの意味するところがわかるか？　日本と我が国は、対共産主義という観点であれば共闘も可能ということだ。

むろん日本は、枢軸同盟の一員として動いている。しかし私の知る限り、ドイツのナチズムを日本が積極的に導入する気配はない。

それどころか、ドイツは連合国の一員である中華民国に対し、堂々と軍備を売却している。これは日本から見れば、あからさまな敵対行為だ。

また、ユダヤ人問題についても数々の情報が、日本はユダヤ排他主義を奨励するどころか、ヒトラーの意向を無視してまで、積極的に国外脱出したユダヤ人を保護しているらしい。

つまり日本は、ソ連に対する国家防衛的な観点から枢軸同盟に参加したのであり、主義主張のためではないことになる。

ということは……もし日本が枢軸同盟から離脱したら、連合国は日本と戦争する主たる理由がなくなってしまう。

仏領インドシナ問題、満州問題、中国進駐、フィリピンやグアムへの侵攻など、枝葉の部分ではいくつも問題を残しているが、それらすべては、もし日米講和が達成されれば、ほぼ自動的に解決する問題でしかない。

さて、いまの世界を見まわしてみよう。いま日本と合衆国が戦争をやめると、どの国が一番得をして、どの国が一番損をするだろうか。

英国は当然、最大級のメリットを得るはずだ。中国も日本との密約で、政権の承認と中国本土からの大幅な撤兵を確約されれば、あとは中国共産党軍を潰せば中国の覇者となれる。しかも後ろ盾は、日本と合衆国になる。

我が国はどうだろう。

このまま対日戦を継続しつつ、欧州戦線にも直接参戦するとなれば、さすがに荷が重い。最低でも南太平洋は諦め、中部太平洋で危険な賭けに出るしかなくなってしまう。しかも同時に、最大規模の欧州派兵をしながらだ。

　これは、どう考えても最悪の選択であり、下手をすれば合衆国が負ける可能性すら出てくる。そのような決断を私が下すはずがない。

　結論的には、合衆国にとっても日米講和……当面は日米休戦となるだろうが、ともかく戦闘終了が実現すれば、欧州戦線に全力を投入できるだけでもメリットがある。

　いまの合衆国をはじめとする連合国が総力を結集すれば、おそらく欧州戦線で勝利を得られるだろう。むろん、ソ連がドイツ側に寝返らず、日本も局外中立を保ってくれると仮定しての話だ。

　ドイツの野望を完全に潰せば、たとえ日本が戦後に生き残っても、連合国と対等に勝負できる勢力圏は築けない。

　大東亜共栄圏とかいう汎アジア連合組織を完成させたところで、インドとオーストラリアが連合国の手中にある限り、たんなるアジアの辺境国家集団でしかない。

　これならば、戦後に連合国がどうとでも非戦争的な手段で押さえこむことが可能だ。ただし、中国の存在だけは注意が必要だろうな。中国が日本に対し全面的に屈してしまうと、さすがに無視できなくなる。

　さあ、私の考えはすべて述べた。

　あとは諸君がどう判断し、この会議でどう結論を出すかだけだ。

　そして、いったん結論が出れば、それは連合国の基本指針である戦争遂行指針となるから、そう簡単には変えられなくなる。

　では、諸君の意見を聞こうではないか。

まず発議をした英国を代表して、イーデン議長から結論を出すなり、別の議案があるなら提出してほしい。私からは以上だ」

言うだけ言うとルーズベルトは、さも肩の荷をおろしたかのように、くつろいだ表情を浮かべた。

反対に名指しされたイーデンは、緊張のあまり蒼白になっている。

これから自分が口にすることが、世界の運命を決める。それがわかっている表情だった。

4

八月三日　ウェーク島南東海域

「攻撃は成功です！」

軽巡アトランタの艦橋に、伝令の大声が響きわたる。

立ったまま報告を受けたスプルーアンスは、眉ひとつ動かさない。彼にしてみれば当然の結果だからだ。

スプルーアンス率いる第12任務部隊は、いまマーシャル諸島ユトリク環礁から北東へ九一二キロ地点にいる。ウェーク島からは九三三キロ、ミッドウェイ島からだと一三八六キロ。

まさに中部太平洋の大海原、ど真ん中だ。

「まさか日本軍も、これほど遠方からの航空攻撃だとは、夢想だにしていないでしょうね。なにせ攻撃したのは古臭いＦ４Ｆとドーントレスなんですから」

スプルーアンスのとなりにいるジョン・サッチ参謀長兼航空参謀（中佐）が、どことなく得意げに発言した。

サッチはパイロット経験が長く、参謀畑では異端的な存在だ。

ミッドウェイ海戦ではレキシントンの艦戦飛行隊、レキシントンが撃沈されるとヨークタウンへ。そして、同僚のヨークタウン艦爆隊が蒼龍を撃沈した。

その後は艦戦の教官として後輩育成に汗を流していたが、今年初めにスプルーアンスへ持論を陳情し、それが全面的に採用されたため、今度は参謀として出撃することになった。

サッチの持ちこんだ持論とは、F4Fとドーントレスのエンジンである『P&W　R-1830-36　ツインワスプ：一二〇〇馬力』を、米海軍が開発中のライアンFRファイアボール用に改良された『R-1820-72Wサイクロン：一四二五馬力』に換装することと、両翼下に二個の大型落下増槽を追加することだ。

ライアンFRファイアボールは、ジェットエンジンとレシプロエンジンを両方搭載する大前提で開発されている新型機だが、開発を開始した一九四二年末の段階では、まだジェットエンジンは影も形もなかった。

そのため、とりあえずレシプロエンジンを搭載してテストすることになった異色機だ。

いま現在も開発中だが、そのレシプロエンジンを、護衛空母用のF4Fとドーントレスのエンジンとして採用してほしいと嘆願したのだ。

R-1820-72WはF6Fの『P&W　R-2800-30W：二一〇〇馬力』に比べると非力であり、今後はF6F用エンジンが主流になることが決定している。そのため、いまさら小型の1820や1830は、実験的な機種以外には必要ないと思われていた。

しかし高い互換性があり、機体の改良も必要ないとなれば、今後も護衛空母用に使い続ける運命にあるF4Fとドーントレスを強化する手段としては最適だ。

嘆願を受けたスプルーアンスは、事が機体改修に関するため、当初は受け入れなかった。しかし、新しいことが大好きなハルゼーが、がぜん乗り気になった。

すぐにニミッツ長官を通じてキング作戦本部長へ要請を出し、ハワイにある護衛空母用の艦上機に限り、テスト名目で換装できるよう、米本土からエンジンを送ってもらうことになったのだ。

エンジンは四月中旬に届き、換装と調整に半月を要した。そして、五月からは陸上での訓練が始まり、六月には護衛空母での訓練を実施することができた。

そして現在、スプルーアンス率いる第12任務部隊の護衛空母『カサブランカ／リスカムベイ／コーラルシー／コレヒドール』と、ハルゼーと共に南太平洋へ移動した第22任務部隊所属の『ガダルカナル／ソロモンズ／マニラベイ／ミッションベイ』が、これら新型機を搭載している。

二ヵ月の猛訓練を受けた八隻の航空隊。

そのうちの四隻が、先日の敵飛行艇母艦部隊への攻撃に続き、本日はユトリク環礁にある日本軍の中核的な航空基地を攻撃したのである。

「今回ばかりはハルゼー提督の手柄を認めざるを得ないな。なにせ私は、貴官の陳情を一度は却下したのだから」

スプルーアンスが人前で非を認めるなど、まさに前代未聞だ。

「自分としては、なぜ米海軍の上層部が、日本軍がすでに実施していることを真似しないのか、そちらのほうが不思議でなりません。敵であろうと、優れた点は積極的に真似すべきです。

日本海軍は、我々の空母部隊をアウトレンジできる強力な小型飛行艇を開発し、すぐさま実戦投入してきました。そして効果が認められると、ただちに増産を開始しています。

これを物量に優る米海軍が真似できないはずがありません。Ｆ４Ｆとドーントレスが二線級の艦上機になったのは、馬力不足・航続距離不足が主な原因です。ならば、この二つを解消できれば、今後しばらく現役で戦えることになります。

その具体的な解決策を、自分は現役パイロットとして提言しただけですから、それほど大したことではないと思っています」

いや、当人は否定しているが、これは大したことだ。

Ｆ４Ｆの航続距離は、最大で一二〇〇キロ強。往復が必要な空母航空隊としては、半分の六〇〇キロが最大攻撃半径になる。実際には攻撃時間が必要なため、五〇〇キロ台まで短くなってしまう。

ＳＢＤドーントレスも同様で、最大攻撃半径は実質的に五〇〇キロ台だ。

これを、両翼下に大型増槽を二個追加することで、ほぼ倍増の二三〇〇キロに延長することに成功している。

むろん、クソ重たい大型落下増槽に加えて、二五〇キロ（五〇〇ポンド）爆弾を搭載するドーントレスは、落下増槽を捨てるまでは馬力を増強しても鈍重極まりなくなる。

しかし増槽切り放し後は、純粋に増加した二三五馬力が威力を発揮する。とくに爆弾を投下した後の、離脱速度の上昇は目を見張るほどだ。

Ｆ４Ｆに至っては、それまで零戦二一型にすら食われるシーンが多かったというのに、ハワイでの模擬戦闘（Ｆ６Ｆとの模擬戦闘訓練）では、勝率三割だが撃ち勝つ場面すらあった。

Ｆ６Ｆと零戦二一型では、まったく勝負にならない。最新型の零戦四三型の場合だと、一三二〇馬力に増強された恩恵を受け、二機でならF6Fを撃破できることが報告されている。

その零戦四三型より一〇〇馬力ほど多い改良F4F（実験的な換装のため、まだ制式名称がない）なのだから、F6Fを食う場面があってもおかしくないだろう。

なるほど、先のサイパン所属の護衛隊が大被害を受け、支援にかけつけたビキニ基地の陸上航空隊も返り討ちにあったのは、すべて改良型の艦上機を相手にしたからであった。

「まもなく航空隊が帰還します」

話の途中だったが、サッチは任務を最優先にする姿勢を崩さない。

「わかっている。全空母、着艦態勢に入れ。護衛の艦は対空戦闘状態で待機。着艦後は速やかにミッドウェイ方面へ退避する。

着艦陣形から輪形陣への変更は、退避行程を維持しつつ行なうので、各艦は訓練通り衝突防止を最優先にせよ。以上、部隊指揮官命令を下す」

聞いていたスプルーアンスも、返事なしで命令を下した。

それをサッチが各参謀へむけて復唱する。

サッチは航空参謀を兼任しているため、各空母航空隊への命令だけは、他の参謀への伝達がすんだ後、通信室に伝令を走らせた。

「どこまで探りを入れれば、敵は出てくるでしょうね」

通達を終えたサッチは、ふたたびスプルーアンスに声をかけた。

「そうだな……おそらく次の行動で、敵も我慢できず出てくるだろう」

作戦予定では、次の攻撃はウェーク島攻撃となっている。しかも次は、ウェーク島への上陸作戦を実施するふりをする欺瞞《ぎまん》作戦付きだ。

そのための小規模上陸部隊を乗せた輸送艦部隊が、すでにミッドウェイ島に仮泊している。

欺瞞作戦だが、輸送艦には実際に海兵一個大隊が乗っている。他のスペースは、スプルーアンス艦隊への補給物資と爆弾が主で、海兵隊用の装備は最低限しか載せてない。

つまりスプルーアンス部隊は、状況によっては海兵隊を一時的に上陸させることまで予定に入れて、近日中にウェーク島を攻撃する予定なのだ。

むろん、日本が本気で奪還する様相を見せたら、すぐさま撤収する大前提となっている。

「問題は、出てくる敵艦隊の規模ですね。最良なのは主力機動部隊が出てくることですが、さすがに、それを願うのは無理があると思います。妥当なのは、南太平洋で暴れた小規模機動部隊クラスでしょう。

これに重巡を主力とする上陸阻止部隊まで釣れれば、我々の作戦目的は完遂できたと判定してもいいと思います」

スプルーアンスを前に作戦結果まで想定するとは、サッチもなかなか豪胆だ。並みの参謀がこんなことを口にすれば、すかさずスプルーアンスの冷徹なしっぺ返しを食らう。

「日本側にも知恵者はいる。先の南太平洋海戦で、私の部隊を翻弄した相手が指揮をとれば、もしかすると出てこないことも考えられる。

まあ、その場合は、徹底的にウェーク島とマーシャル諸島を潰すだけだ。

南太平洋はハルゼー長官に任せてある。我々は、南太平洋でハルゼー部隊が動きやすいよう、中部太平洋を引っかきまわす。そのためには、日本側に我々が本気だということを理解させねばならない」

驚いたことにスプルーアンスの返事は『採点』

ではなく、サッチの意見を容認した上で、さらなる想定を追加したものだ。これまでの部隊参謀相手では、このような場面は見られなかった。

スプルーアンスはすでにサッチの力量を認めている。その上で、すべての策をめぐらしている。これは日本側にとって、とてつもなく不吉な前兆である。

「我々が本気だというのは、戦ってみればわかることです。こちらの切り札は、艦上機の航続延長だけではありませんからね。ハルゼー部隊を含め、今回の作戦に従事するすべての艦に、あの改装を施しましたから」

サッチは、まるで自分の手柄のように自慢しながら、艦橋左舷の窓から見える光景をさし示した。

そこには、以前はなかった小さな張り出しスポンソンがある。

明らかに取ってつけたような粗雑なもので、おそらく穴開き鉄板をボルトと溶接の両方を用いて取りつけたものだ。

床面を下から支えているのは、むき出しのH鋼二本のみ。H鋼の下端は、舷側の鋼板にリベットと溶接で直付けするという荒っぽさだ。

床にボルト止めされた円柱状の銃架には、一門の四〇ミリ・ボフォース機関砲が設置されている。

装弾数を稼ぐためか、弾倉方式ではなくベルト給弾方式だ。小さな前盾が砲身の付け根にあるほかは、なんの守りもない。かろうじてスポンソンの縁に、高さ五〇センチほどのパイプ製手すりがついているだけだ。

この張り出しスポンソンが片舷に三箇所、合計で六箇所ある。

しかし、たかだか六門の四〇ミリ単装機関砲を新規設置しただけで、切り札と言うのは大袈裟すぎる。片舷三門では担当方向に撃ち出せる火線は一本のみだし、四〇ミリは威力絶大なものの射撃速度が遅いため、火線一本では弾幕にならない。

すぐにスプルーアンスの叱責が飛ぶと思える場面だ。だがスプルーアンスは、黙したままうなずいた。

すなわち、サッチの意見に同意したのだ。理由はわからないが、これはなにかある。

片舷三門の機関砲に、いかなる魔法がかけられているのだろう。それが明らかになるのは、もうまもなくのことだった。

*

中部太平洋が騒がしくなってきた。なのに連合艦隊の主力部隊は、いまだに呉に投錨《とうびょう》したままだ。

むろん即応部隊ならサイパンにいる。中部太平洋艦隊に所属する、第一〇航空艦隊がそうだ。

第一〇航空艦隊は、低速軽空母四隻を中核とする航空機輸送部隊の色合いが濃い。

姉妹艦隊の第一一航空艦隊は、いま南太平洋で活躍中だ。空母機動戦に使用しなければ、それなりの戦力として使えることを証明した格好になっている。

とはいえ……現在の第一〇航空艦隊は、警戒任務のほかに、もうひとつ重用な任務を担っている。

それは、日本海にいる鹵獲《ろかく》空母ワスプで訓練を終えた『軽艦上機飛行隊』の訓練艦隊を引きうけることだ。

四隻の低速軽空母に新規配備される艦上機『零戦三二型／駿星／雷天』。これらを配属する空母で実戦訓練をすれば、それがもっとも効率的だ。

訓練を完了した第一〇航空艦隊は、ただちに南太平洋へ派遣され、第一一航空艦隊と交代する予定になっている。

戻ってきた第一一航空艦隊は横須賀へ錨を下ろ

し、補給と乗員の休養を行なった後、日本海のワスプで基礎訓練を終了した第二陣を迎え入れる。

それまで乗せていた飛行隊は、いったん国内の飛行隊へ仮編入され、正規空母用の各艦上機をあてがわれた上で、いずれ完成する中型正規空母搭乗員として訓練されることになる。

そしてワスプには、新たな飛行隊として新兵が配属され、第一〇／第一一航空艦隊の予備飛行兵や、新規に建艦される低速軽空母の飛行隊員として訓練されることになる……。

むろん、最優秀の成績で飛行学校を卒業した者たちは、最初から正規空母飛行隊員用に訓練される。彼らは霞ヶ浦航空隊で基礎訓練を受けたあと、空母基礎訓練をワスプで行ない、その後、完成したばかりの雲龍型一番艦『雲龍』に配属された。

雲龍型は、一番艦の『雲龍』と二番艦『天城』が同時に完成しているが、こちらには、すでに内地で訓練中だった旧隼鷹飛行隊と新規訓練組の残りが配属されている。

雲龍と天城は新造艦の大鳳と共に、すでに第一航空艦隊に配備されている。

大鳳の飛行隊員は、新規設置された九州・長崎の大浦飛行学校出身の第一期生で固められ、ここ二ヵ月間、猛訓練をしてきた（大鳳の完成は一ヵ月前のため、半分は陸上訓練）。

雲龍型三番艦と四番艦の完成は来年二月になるが、その前の一〇月には、改装大型空母『信濃』が完成する。

信濃は当初の予定だった装甲特殊空母ではなく、二段格納庫の上に軽装甲（二五〇キロ爆弾を阻止できる程度）を張った本格正規空母となっている。

ただし艦の重量を減らすため、舷側装甲を大幅に減らして重巡準拠とし、それ以上の防護は大型二重水密バルジを追加して補っている。

ここまで新造艦が一気に完成すると、さすがに飛行隊員が不足してしまう。

そこで信濃に関しては、いま第一航空艦隊に所属している飛行隊の一部を、そのまま移籍させる予定になっている。

飛行兵が減った翔鶴／瑞鶴には、新規設置の浜松飛行学校で育成されている航空兵が配属となり、基礎訓練から所属飛行隊訓練まで、連続して短期集中訓練が実施されることになる。

これが年内に突貫で行なわれ、来年になると第一〇航空艦隊で実戦慣れした者たちが戻ってくることで、彼らを雲龍型三番艦と四番艦の飛行隊員として配備できる算段がつく。

その後はくり返しだ。

今年一〇月には、新規設置される最後の飛行学校――舞鶴飛行学校が開校する。

舞鶴だけ開校が遅れたのは、この学校だけ特別の育成項目があるからだ。それは冬場の大雪を利用した『耐寒・対雪訓練』だ。

空母機動部隊の厳冬下における実戦可動を可能とするためには、冬場の天候にあわせた訓練が必要になる。それは飛行隊も同様なのだが、これまでは陸上訓練といっても既存飛行場しか使えず、肝心の着艦訓練ができなかった。

そこで舞鶴飛行学校には、大雪でも着艦訓練が可能な着艦ワイヤー設備を設置した専用滑走路が一本用意されている。

今後は、これら四箇所の飛行学校で空母飛行隊をまかなうことになる。

海軍の陸上航空隊員の育成には、これに霞ヶ浦第二／台湾・高雄／仙台／高松の飛行兵養練所が加わる。

途中で失う空母や搭乗員も出てくるだろうから、その後の空母建艦と飛行隊員育成は、補充を中心に軸を移すことになる……。

したがって、現時点において中部太平洋海域で敵空母部隊に即応できる機動部隊は、呉にいる第一航空艦隊しかいない（第二航空艦隊は隼鷹／瑞鳳／龍鳳／千代田／千歳が配備されたものの、いまは長崎沖で訓練中で、近日中に連合艦隊入りする）。

「敵空母を野放しにしていると、ウェーク島とマーシャル諸島がやられてしまいます！」

真っ先に積極出撃案を支持したのは、支那方面艦隊司令長官の草鹿任一中将だった。

従弟《いとこ》の草鹿龍之介が南太平洋で活躍しているのに、自分は形だけの艦隊司令長官として内地でくすぶっていた。

その思いが爆発したような発言だった。

「しかし……いま第一航空艦隊を出すわけにはいかない」


新たに第一航空艦隊司令長官となった小沢治三郎中将が、どことなく言いづらそうに反論する。

小沢と草鹿は、ともに海兵三七期の同窓だけに、従弟の龍之介と一緒に南太平洋で戦ったことを申しわけないと感じているらしい。

「一航艦を出す必要はない。サイパンで訓練中の第一〇航空艦隊を使い、それにウェークとマーシャル各島の陸上航空隊、そして、これまで出番が少なかった第三艦隊と第五艦隊から特任派遣部隊を出せば対処可能だ」

草鹿は、第三艦隊参謀長だった経歴がある。そのため古巣の艦隊を活躍させたいらしい。

「そういえば……第三艦隊に追加された第二〇航空戦隊は、かつて水上機母艦だったものを飛行艇母艦に改装したものだったな」

いきなり横から山本五十六が口を出した。

第三艦隊には、かつて第一二航空戦隊が所属していた。中核艦は水上機母艦『神川丸／山陽丸』だ。

その二隻が去年から改装に入っていたが、どうやら改装を終了して艦隊へ復帰したらしい。同時に戦隊番号も変わり、完全な新設部隊となったようだ。

山本の口出しを支援と受けとった草鹿が、得意げに答える。

「ええ。南太平洋で大活躍した小型飛行艇『襲天』を八機搭載できる、改装飛行艇母艦です。ほかにも零式対潜水上機を八機搭載していますので、既存母艦より格段の戦力向上を果たしています。

二隻合計で三二機。護衛総隊の二個護衛隊に匹敵する戦力ですので、今回の件に関しては充分すぎる戦力だと思っています」

「しかし、その護衛総隊所属部隊が、今回大被害を受けている。南太平洋では暴れられたが、あそこまで目立つと敵も対策を講じてくる。その結果が、今回の被害だと判断しているのだが……」

サイパンの護衛隊が大被害を受けたばかりなのに、草鹿が襲天部隊を持ちだしたことに、山本も違和感を覚えているようだ。

「だからこその第一〇航空艦隊です。さらに言えば、中部太平洋派遣艦隊となる第三／第五艦隊拠出艦は、重巡『足柄』を旗艦とし、軽巡『名取』および駆逐艦五隻を中核部隊とします。

そこに第五艦隊から第一二駆逐戦隊と第一四駆逐戦隊を出してもらい、総数で重巡一／軽巡二／飛行艇母艦二／駆逐艦一六隻の中規模艦隊に仕立てます。

敵空母部隊は、現在判明している限り一個艦隊のみ。これに対し、我が方は二個艦隊で挟撃できますので、圧倒的に有利となります。

それでもご心配なら、横須賀の護衛総隊へかけあって、一個か二個護衛隊を支援に出してもらいましょう。

これらは連合艦隊になんら影響を与えない構成になっていますので、もし他の海域で何かあっても、連合艦隊はすぐさま動けることになります」

どうやら草鹿は、事前にすべての話を通した上で、会議に臨んだらしい。そう読み取った山本は、なるほどといった表情を浮かべた。

「そういえば昨年末、貴官は転任願いを出したそうだな。希望は第三艦隊となっていたが、いまさら参謀長へ逆戻りするわけにもいかんだろう。結果は、まだ報告されていないが……」

「八月一日付けで、晴れて第五艦隊司令長官に任命されました。それを受けての、派遣艦隊の提案です。もちろん、私自身が艦隊司令長官として出撃します」

最前線で戦いたい。

草鹿の切実な思いは、山本も知っている。

いま会議に出席している面々のうち、本土で重責を担っている米内光政と井上成美を除き、ほぼ全員が南太平洋に出陣した連合艦隊の各艦隊指揮官だ。

そこに入れてもらえなかった草鹿の無念に対し、皆も申し訳なく思っている。

そこに草鹿本人から嘆願があれば、やらせてあげたいと思うのも無理はなかった。

「そういうことなら……誰か異論はあるか？　聞く限りでは、連合艦隊には支障ないようできているようだが」

誰も発言を求めない。自動的に草鹿の提案は採用された。

「では、中部太平洋は草鹿中将に任せることにしよう。我々は引き続き、南太平洋を視野に入れて待機することになるが、こちらに異論がある者はいないか」

すると、すぐさま黒島亀人が挙手した。

本来なら長官や参謀長クラスしか出席できない会議なのだが、先の海戦の立て役者となった黒島を除外すると、決まるものも決まらなくなる。

そこで長官専任という特権を理由に、オブザーバー的な役割で参加させることになったのだ。

「もし中部太平洋が陽動でしたら、連合艦隊はいますぐ南太平洋へ出撃しないと間に合わなくなります。

そこで若輩ながら、先の海戦の作戦原案を提出した者として、とりあえずサイパン沖まで最大規模の連合艦隊を出撃させて、そこで様子を見ることにしてはいかがでしょう」

黒島にしては言葉が丁寧だが、最低限の儀礼として行なっているだけだ。

いくら天才でも、対人関係をまったく考慮できなければ、そもそも海軍内で頭角を現わすことすら不可能である。

そう考えれば、黒島はある程度の常識を持っていて、その上で状況にあわせて奇人ぶりを発揮していることになる。

「いまのところ、南太平洋で変化があるといった報告は受けておらんが」

「おそらく一ヵ月以内に、敵は南太平洋で動きます。その時、トラックまで進出していないと、間違いなく遅れを取ります。最悪、フィジーに展開している陸軍二個師団が壊滅的被害を受けるでしょう。

陸上部隊が壊滅的被害ということは、当然ながら、海軍が派遣している守備艦隊も壊滅するということです」

ここで黒島は、まっすぐ山本の目を見た。

「とはいえ……これらの被害想定は、すでに織り込まれています。ただ、実際にそうなるかは、まだ連合艦隊内でも未定になっていますので、あとは長官のお考え次第かと」

　衝撃的な内容の話なのに、居並ぶ面々が動揺した気配はない。

　いまこの席にいる者たちは、すべて山本を中心とする講和派のメンバーだ。

　海軍の中では講和派と継戦派に分かれている。日本国内にいる講和派が連携し、中国国民党を使ってオーストラリアへ休戦の仲介工作を実施しているのも、もとはといえば、講和派筆頭の連合艦隊首脳部が仕掛けたことである。

　その首脳部の面々が、黒島亀人の意見に対し暗黙の了解をしている。ここにもまた、黒島による連合艦隊内部に対する事前調整が見え隠れしている。

　この事前調整からのけ者にされているのは、GF参謀部だけだ。その参謀部の親玉である宇垣纏GF参謀長だけが、苦虫を噛み潰したような顔になっている。

　ここまで見れば、黒島の案を渋る宇垣を、すでに誰かが説得済みであることもわかる。

「万全を期するのであれば、すぐさまトラックへ出なければならない。なのに貴様の案では、サイパン沖で様子を見るとなっている。

　ということは、貴様の言う被害が出るのを我々はサイパン沖で見ているしかないことになるが……」

「その被害を容認なされる覚悟がおありでしたら、すぐさま中国国民党による豪州政府への休戦仲介の件を、なんとしても成就させる必要があります。

　連合艦隊が戦った後での仲介は、連合国に足もとを見られてしまいます。是が非にでも決戦前にこちらの要求を伝え、最低でも連合国側の妥協点を入手しなければなりません。

双方の妥協点がわかれば、休戦協定の締結から講和への道筋が見えてきます。それには、まだ双方の戦力が健在であることが大前提となります。どちらか一方が戦力を大幅に減らした後では、勝ったほうが欲を出すため破談になりやすい。これだけは避けなければなりません。

もはや我々には後がないのですから、選択の余地はないと考えるべきでしょう。連合艦隊がサイパン沖で様子見に入るのも、表むきは草鹿長官の出撃の後方支援のためと言い張れます。

実際は、被害をすでに織り込み済みの南太平洋で、ある程度の敵による作戦成功を演出しなければならない。

しかも、合衆国軍が南太平洋で勝利をあげた直後、オーストラリア政府を通じて、極秘裏に日本が勝利を譲ったことを、合衆国政府と大統領のみに知らせなければならない。

この二点が成就しない限り、連合艦隊がふたたび南太平洋へ出て暴れることはできません。そして次に暴れる時は、徹底的に敵とやり合い、被害無視で、敵を最低でも半年以上は動けなくしなければなりません。

これらのことを九月末までに完了させないと、時機を完全に逸してしまいます。すべての条件が達成されて初めて、合衆国政府は、日本との休戦および将来の講和を本気で受けとめる気になるでしょう。

休戦協定が結ばれた直後、おそらく合衆国は欧州戦線へ直接参戦する表明を行なうはずです。その後、日本は第二次世界大戦から離れ、日本国内および満州・東南アジアの復興を最優先課題として邁進することになります。

そして、中国支援とインド独立支援を両輪として、大東亜共栄圏の完成をめざすことになります。

ここまで来れば、事実上の終戦となるでしょう」

いつもは自信満々の黒島が、なんと悲観的な分析をしている。これだけでも山本を震え上がらせるには充分だった。

「日本がアジアで唯一の覇者となることを、連合国が認めるだろうか。対ドイツ戦に勝利した連合軍が、あらためて休戦協定を破棄し、日本との単独戦争に及ぶことはないだろうか……それだけが心配だ」

「高い確率で、それはないと思います。なぜなら日本の講和条件の中に、満州の一部利権を合衆国へ認めることと、中国復興を連合国と共同で行なう案が入っているからです。

合衆国内では、いま強烈なレッドパージが実施されていると聞いております。これは戦前のソ連による工作が露呈した結果ですが、くしくも戦前の段階で日本が共産主義を最大の敵と定めたことが、いまになって合衆国の国是になりつつあります。

つまり講和案は、満州と中国へ連合国を引き込むことで、ソ連の共産主義を封じ込めるプランを提唱しているのです。これなら合衆国と英国は、日本と敵対する要素がなくなりますので、あえて戦争に及ぶことはなくなるわけです」

連合艦隊の会議において、ここまで天下国家に関する話が行なわれている。

これを陸軍主戦派が知ったら、それこそクーデターが起こりかねない。あくまで海軍内部、それも連合艦隊首脳部だけの秘密にしなければならない……。

そこまで見通しての、あけすけな黒島の意見だった。

「その通りになれば、万々歳なのだが。いまさら対米完全勝利など、願ってもかなわぬ夢のようなものだ。そもそも開戦時の戦争遂行指針からして早期講和だった。

問題は、連合国がどこまで妥協してくれるかだろう。いくら日本が講和を望んでも、相手との条件に差がありすぎれば破談となる」

「その点も、今回が最後の機会になるでしょう。合衆国はいま、モスクワ陥落に揺れています。ここで欧州へ直接参戦しなければ、おそらく英国は来年早々にも陥落します。そうなってから参戦しても遅いのです。

まだ英国が健在なうちに、なんとしてもヨーロッパのどこかに足場を築かねば、ドイツを屈伏させることはできません。無為無策のまま来年に至れば、肥沃かつ鉱物資源にも恵まれたソ連西部を支配したドイツは、もはや手がつけられなくなります。

そうなってしまえば、残る勝利の道は、大東亜諸国と連合国が共闘してドイツと戦うしかありませんが、それをまとめあげるのは、日米講和をなし遂げるより至難の業《わざ》となるでしょう。

このことは、合衆国政府も承知しているはずです。予想以上に国力を日本との戦争に費やしてしまい、いま青息吐息になっている張本人ですから。

海軍重視の大増産ではドイツに勝てません。いますぐ陸軍重視に切り換え、海軍は既存で積み立てた在庫でまかなう算段をしないと、戦争に勝つより早く合衆国が破産してしまいます。

だから、背に腹は代えられない……苦しいのは日本だけではないのです。合衆国もまた、いま国家存亡をかけて暗中模索している最中なのです。

そこにオーストラリアからの休戦仲介があり、日本が提示した条件が明らかになれば、合衆国は間違いなく話に乗るでしょう。

その時、太平洋に合衆国の残存戦力が多数残っていると軍部の影響が強くなり、交渉が難航する可能性が高くなります。

つまり南太平洋で今後、連合艦隊が敵を完膚なきまでに叩き潰すことは、合衆国政府、とくに大統領府に対する強力な側面支援となるわけです。

ただし、復活した合衆国海軍は強大です。それを完全撃破するとなると、連合艦隊も同程度の大被害を受けることになるでしょう。双方とも半年以上の継戦不能……これが勝利条件なのです」

先の南太平洋海戦も、恐ろしいほどの被害を出しての辛勝だった。

どうして黒島亀人が立てる作戦は、こうまで被害が増大するのか……。

それは、本来なら負ける戦いを勝つ方向に誘導するためには、勝利条件を特殊なものに変えるしかないからだ。

いまさら日本軍が無傷のまま完勝する策など、あるわけがない。時間がたつごとに合衆国の戦力は増大する。日本は比較劣勢となり、いずれ大敗北となり、戦争にも負ける。これが常識というものだ。

それをひっくり返すには、戦術的勝利を捨てても戦略的勝利を獲得すべく勝利条件を変えるしかない。

それをできる策略家は、そう多くない。

その一人が黒島亀人だった。

「わかった。では、その線でいくとしよう。ただ……黒島、あまりでしゃばるな。今後の作戦遂行はＧＦ司令部に一任する。貴様は専任参謀としての任を果たせ」

ということで、これから作戦子細の検討に移ることになるが、その前にＧＦ参謀部と大本営で、作戦案についてすりあわせを実施しなければならない。

ただし、時間がないので動くのは宇垣に任せる。他の者と私は、連合艦隊をサイパンまで移動させることに専念する。いいな？」

ここで宇垣纏にも花を持たせないと、本気で辞任しかねない。

ＧＦ長官ともなれば、たんに戦いの指揮をとっていればよいわけではない。指揮官だけでなく、組織の指導者としても卓越していなければ、巨大な連合艦隊という組織は動かないのである。

かくして……。

ついに連合艦隊は、最終決戦へむけて舵を取ることになった。

第2章　二方面作戦

1

一九四三年八月　南太平洋

　サモア諸島を形成するサバイイ島とウポル島、そしてウポル島の南東に位置する『東サモア』と呼ばれているパゴパゴ島。

　このうち合衆国海軍が司令部を置いているのは、アメリカ領の東サモアだ。

　良港のパゴパゴ湾に艦隊の泊地があり、いまそこには数隻の戦艦と軽巡、そして四隻の護衛空母、二〇隻近い駆逐艦が錨を下ろしている。

　これとは別に湾の奥にある港の桟橋には、沿岸警備を担うフリゲートやコルベット、魚雷艇などがひしめいている。

　これに対し、西サモアと呼ばれるサバイイ島とウポル島は、以前は国際連盟によってニュージーランドに委任されていたが、開戦後は先住民の独立気運が高まり、現在は内乱状況に近くなっている。

　当然のことだが、合衆国は連合国の一員であるニュージーランドへの内政干渉をできないため、すぐ近くにあるのに見て見ぬふりをしている。つまり、連合軍がサモアと言う場合は、アメリカ領の東サモアのみを意味している。

　これに対し日本軍にとっては、ニュージーランド領だろうがアメリカ領だろうが関係ないため、東西サモアをまとめてサモアと呼んでいる。

そのような複雑な事情を持つ東サモアが、いま連合軍の南太平洋における最前線になっているのだから、よほどうまく戦後処理をしなければ、せっかく死守したサモア全体が独立してしまう可能性すらある。

西サモアに関しては、すでにニュージーランドが匙を投げている状況のため、日本軍に占領された状態で戦後を迎えでもしない限り、おそらく独立するだろう。

「さてさて……ともかく、地の果て海の果てにやってきたわけだが、中部太平洋でスプルーアンスがゴーサインを出さない限り、こっちとしては動きようがない。どうしたもんかな」

パゴパゴ湾に浮かぶ、最新鋭の軽巡洋艦クリーブランド。

いまウイリアム・ハルゼーは、クリーブランド級の特徴となっている一五・二センチ三連装主砲塔を背にして、近くにいる四隻の護衛空母を眺めている。

「そう申されましても……長官は、あくまで第6任務部隊を主軸とする南太平洋派遣艦隊の司令長官なんですから、その本隊である空母群と打撃群が未到着では、どうにも動きようがないと思いますが」

ハルゼーが冗談を言っていると思ったオルデンドルフ少将は、どう返していいか迷ったあげく、あまりパッとしない返事をした。

「ああ、その通りだ。俺が連れてきたのは、後日に第22任務部隊として分離することになる護衛空母部隊と、第6任務部隊の第1空母隊旗艦になる予定のクリーブランドだけだ。

だから、たとえ敵が長距離航空索敵で俺たちの動向を探っても、サモアにいるのは四隻の護衛空母と、貴様の五隻の戦艦だけとなる。

まもなくアーレイバークの第21任務部隊がやってくるから、重巡一隻と軽巡二隻が加わることになるが、それでも本格的な反攻作戦に打って出られる戦力じゃない」

ハルゼーの言う通り、いまサモアにいる米海軍部隊は少ない。

ハルゼーが連れてきた第22任務部隊（護衛空母四／軽巡二／駆逐艦一〇）と、オルデンドルフが先に連れてきていた第13任務部隊（旧式戦艦五隻／重巡一／軽巡二／駆逐艦一二）だけだ。

これに、別動で作戦任務についている南太平洋潜水艦隊の一部がいるが、それらは補給や修理の時以外は出払っている。

しかし、この艦隊規模はあくまで日本軍の目をあざむくためのものだ。

ハルゼーが指揮することになる第6任務部隊（正規空母三／軽空母三／戦艦四／重巡二／軽巡一一／駆逐艦三二）はクリーブランドを除き、まだ真珠湾にいる。

本隊は、中部太平洋で暴れているスプルーアンスが『グッドタイミング』と判断しなければ、南太平洋へ出撃しないことになっているのだ。

相手は、あの連合艦隊。

南太平洋海戦で相当な痛手を受けたとはいえ、半年間でかなり戦力を回復したと想定されている。

知略を駆使したスプルーアンスでさえ、ようやく相討ちに持ちこめた相手だ。もしハルゼーが被害無視で突入したら、それこそ目も当てられない大被害を出すだろう。

それでも勝てばいいが、来るべき戦いは『戦力を残した引き分け』で終わってはならないとされている。

当然、連合艦隊が勝利するなど話の外だ。

最終的には、ハルゼーが得意とする強襲になるとしても、そこに至る行程では、間違いなくスプルーアンスの知略が必要になる。

しかし、表むき敗軍の将となったスプルーアンスが、またしても作戦を指揮するのは、ニミッツは許しても合衆国本土の上層部と政治家が許さない。

つまりハルゼーは、合衆国が求める『最強の提督』役を引きうけたことになる。

派手に戦い、ともかく連合艦隊をたたきのめす。味方の被害など二の次だが、体感的にスカッとする戦いをしなければならない。

そう……。

あのドゥーリットル隊を使った東京急襲作戦のように。

あれはハルゼーでなければできなかった。今回もまた、彼にしかできない戦いが求められているのだ。

「それにしても、貴様のとこの戦艦……まるで真珠湾が引っ越してきたみたいだな」

護衛空母に半分隠れているが、パゴパゴ湾の対岸近くには、五隻の戦艦――ノースカロライナ／コロラド／メリーランド／カリフォルニア／アイダホが居並んでいる。

ノースカロライナだけは二八ノット出せる四〇・六センチ砲搭載艦だが、他は二一ノットしか出ない旧型だ。

これはノースカロライナが旗艦の役目を担っているためだが、他の戦艦が鈍足では部隊行動もそれに引きずられてしまう。

前回の戦いで、F・C・シャーマン少将が率いた戦艦群は、いずれも二八ノット艦だった。それでも酷い被害を受けて敗退したというのに、前より性能の低い打撃部隊で何をしようとしているのだろうか。

普通ならそう思うところだが、すべてを仕組んだのがスプルーアンスともなれば、間違いなく必然性があってのことと判断していいだろう。

「今回、私は陽動と裏方に徹するよう命じられていますので、見た目ほど役には立たないと思います。

それよりも、スプレイグ大佐に受け渡される第22任務部隊……たんなる護衛空母部隊ですが、いま中部太平洋でスプルーアンス長官が率いておられる第12任務部隊と、中身はほぼ同じです。

つまり、スプルーアンス長官がやれることは、スプレイグ大佐にも可能というわけです。お手本を示された上で戦うのですから、これは大変な任務になるでしょう。心底からスプレイグ大佐には同情してしまいます」

ハルゼーが連れてきた護衛空母は後日、スプレイグ大佐に引き渡される。

こちらもスプルーアンス部隊と同じ、航続距離を伸ばしたF4Fとドーントレスが搭載されている。

ハルゼーは、後日に到着する正規空母部隊と最新鋭戦艦を主軸とする打撃部隊を率いることになっている。それが第6任務部隊である。

この構成は、前の海戦でスプルーアンスが率いた三個部隊に似ている。ただし今回は、空母部隊二個／戦艦部隊二個／小規模重巡部隊一個、合計で五個だ。

スプルーアンスは前回の結果を分析して、これらの布陣を準備している。それが似たような構成になったということは、前回の戦いを『負けた』と認識していないということだ。

どちらかと言えば、前回は予行演習のようなものと考えているらしい。それでいて打撃部隊を強化したのは、ハルゼーの特質を生かすためだろう。

ともあれ……。

スプルーアンスがどこに勝利条件を置いているかは不明だが、今回も確実に『彼なりの勝利』をつかみ取るつもりでいるはずだ。

「いつ作戦実施になるか、まるでわからんから、いつでも出撃できるように準備だけはしておかねばならんな。

とはいっても主隊が到着するまでは、主要作戦を実施する可能性はゼロだ。露払いの作戦は行なう予定だが、それまで、せいぜい海の果ての楽園といわれるサモアを楽しむことにしよう」

予定では遅くとも八月末までには、全部隊がそろうとなっている。

ということは、あと二〇日あまりで、スプルーアンスは中部太平洋での作戦目的を達成するということだ。だからハルゼーの出番は、九月になるはず……。

むろん、フィジーにいる日本軍が攻めてくれば、相応の対処をする。

スプルーアンスがハルゼーに約束させた『相応の対処』。なんとそれは、予定外の敵襲は基地航空隊とアーレイバーク大佐の第21任務部隊、そして沿岸警備部隊および潜水艦部隊に任せ、『ハルゼー以下は徹底退避せよ』というものだった。

つまり、作戦実施までは逃げろという約束である。まったく、ハルゼーに似つかわしくない策だ。しかしハルゼーは、それを承諾した上でここにいる。

先ほどハルゼーが言った『露払い』の作戦は、主作戦の直前に行なわれる予定になっている。主作戦が九月に控えている以上、枝作戦は今月後半になるはずだ。

たしかに、半月以上の夏休みになる……。

策を仕込んだスプルーアンスに対し、ハルゼーは全面的な信頼を寄せている。合衆国海軍最強のコンビに、いま隙はなかった。

＊

八月一二日。

一〇日が経過するあいだに、ウェーク島は二度、ビキニ基地も二度、ウトリク基地は三度の空襲を受けた。これまでの半年間の平穏が嘘だったような、これでもかというほどの反復攻撃である。

しかも、ウェーク島の二度めの空襲のさいは、輸送部隊をともなう戦艦二隻を含む上陸支援部隊まで姿を現わした。

もっとも、翌日夕刻になっても日本側が反応しないとわかると、さっさとミッドウェイ方面へ撤収していったが……。

むろん日本側の各基地航空隊は、可能な限りの迎撃を実施した。

しかし敵の空母航空隊は、各基地の航空電探が察知できない一〇メートルという低空で接近してきた。いずれも早朝もしくは日没直前のため、基地監視要員が目視で確認した頃には、すでに空襲が始まっていた。

当然、まともな航空迎撃などできず、多くの航空機が地上で破壊されてしまった。

一二日現在、ウェーク島の残存戦力は総数三二機、ビキニ基地は二七機、ウトリク基地は一八機まで減っている。

ここまで減ってしまうと、小規模な打撃部隊をともなう上陸部隊でも阻止できない。実際に姿を現わしたのだから、これは杞憂ではない。現実の危機だ。

上陸作戦を実施しなかったのは、なんらかの手段でサイパン沖にいる日本の軽空母部隊を察知したためと判断された。

だが、日本の空母部隊が動かなかったことも、すでに知られているはず。だから、一刻も早い支援艦隊の派遣が求められている……。

そこで、サイパンに到着したばかりの草鹿任一部隊は、松本毅少将率いる第一〇航空艦隊を指揮下に入れると、休む間もなく敵空母部隊を求めてマーシャル方面へ出撃せざるを得なくなった。

本来であれば草鹿部隊は、連合艦隊がサイパン沖に集結したのち、入れ代わる形で出撃する予定だったが、急迫する情勢がそれを許さなかったのだ。


「護衛総隊から出してもらった部隊は、きちんと索敵任務をこなしているんだろうな」

旗艦となった重巡『足柄』の艦橋で、草鹿任一中将は、部隊参謀長となった富岡定俊大佐へ探るような声で聞いた。

連合艦隊の意向で、草鹿部隊には第一〇航空艦隊の他に、護衛総隊横須賀総司令部直轄部隊から、第一／第二広域警戒戦隊が出撃している。

あれだけ連合艦隊の乱用を怒っていた及川古志郎が、よくまあ許諾したものだ。

もしかすると交渉した宇垣纏は、内密に日米休戦交渉の件を伝えたのかもしれない。及川は護衛総隊に行ってからは中立的な立場に徹しているが、以前はどちらかといえば早期講和派だったからだ。

しかし草鹿は以前から、護衛総隊をまるで信用していなかった。

その護衛総隊の指揮下にある広域護衛隊が、南太平洋で大活躍した。連合艦隊だけでなく海軍の見る目も変わり、いまでは逆に連合艦隊へ、新襲天を搭載する第二〇航空支援艦隊を編成する始末だ。

本来なら、今回の草鹿部隊への支援も、第一／第二広域警戒戦隊ではなく、連合艦隊の指揮下にある第二〇航空支援艦隊を出すべき……。

そう草鹿は進言したが、第二〇航空支援艦隊は連合艦隊と共に待機することになっているため、草鹿の進言は退けられてしまった。

代わりに第一／第二広域警戒戦隊が来てくれたのだが、それが草鹿は癪《しゃく》にさわっているらしい。

「現在は第一警戒戦隊から四機の新襲天が広域索敵に出ています。主隊周囲の中域索敵には、足柄と名取の水偵だけでなく、第一〇航空艦隊からも四機の雷天が出ていますので、索敵半径内に敵空母部隊がいれば、かならず発見できると確信しております」

富岡参謀長は草鹿と違い、感情をあまり表に出さない。それが買われて、草鹿の女房役に抜擢されたとさえ言われている。

いまの返答も、充分に抑制された控えめの表現だったが、それでも草鹿の癇《かん》にさわったらしい。

「護衛総隊に長距離索敵を任せていて、よくそこまで確信できるものだな」

「彼らの力量はよく知りませんが、新襲天の驚異的な航続能力は評価できます。索敵は、いかに長く広く探索できるかが肝心ですので、海軍の単発航空機で新襲天ほど活用できる機はありません。しかも南太平洋において、すでに能力は実証済みです」

富岡の草鹿に対する言動は、すべて草鹿も知っている内容に基づいて行なわれている。

既成事実だけで反論すれば、さしもの草鹿も無理は言えない。草鹿は短気な性格だが、頭が悪いわけではない。海兵学校を優秀な成績で卒業している点では、他の指揮官と比べても優る点が多い。

だから富岡の返事も理解できる……。

「まあ、それはそうだが。それにしても、空襲を受けた各基地のどれもが、敵艦隊の居場所を突きとめられなかったというのは解せん。空襲にあったのは航空基地と沿岸警備隊だけだから、水上機基地は無事のはずだ。

攻撃直後に長距離索敵に出れば、すぐ見つけられるはずなのに、それができていない。これはなんらかの根本的な怠慢かなにかがあって、それを基地幹部が隠蔽しているのではないか」

草鹿はこれまで、つねに従弟の龍之介と比較される人生を歩んできた。

そのため人一倍、他人の目を気にする性格に育った。そしてその性格は、同時に人を徹底して信用しない疑心暗鬼の心も育ててしまった。

過度の疑心暗鬼は人間不信を引きおこす。時には必要な提言も、疑い深い性格が排除してしまい、かえって損をしてしまう。

しかし草鹿は、疑うことをやめなかった。

「それについてはGF司令部や大本営のほうでも、いま多方面からの情報をもとに解析中です。基地幹部の怠慢といった線もありますが、私としては何か別の、肝心な点を見過ごした結果ではないかと思っていますが……」

「肝心な点とはなんだ。それがわからんのでは、たんなる擁護にしか聞こえんぞ」

「いまは、なんとも言えません」

これ以上の抗弁は草鹿を怒らせるばかりだ。それを知っている富岡は、話を切り上げる気になった。

「伝令！　たったいま、ウェーク島に敵攻撃隊が来襲したそうです‼」

「こんな時間にか？」

草鹿が驚くのも無理はない。

現在時刻は午後一時一二分。真っ昼間だ。

「迎撃に上がった海軍戦闘機が、東方海上に輸送船団を確認しています。ウェーク基地では、今度こそ敵の上陸作戦が実施されると見て、基地守備隊に対し全力阻止命令を下しています」

「夜に上陸するつもりか。となると、近くに打撃部隊もいるはずだが……」

「その報告はありません」

伝令は、伝えなければならないこと以外、言ってはならない。

当然の返事だった。

「偵察中の新襲天隊に、ウェーク島近辺を重点的に索敵するよう命令を出しましょうか」

すぐに対応しなければならないと判断した富岡が、適確な提言を行なう。

「いや……いま敵艦隊を見つけても、我々のいる場所からだと航空攻撃隊を出せない。初撃を護衛総隊の襲天隊に任せるのは無謀な行為だ。

となれば、今夜はウェーク島単独で耐えてもらい、その間に我々が前進して明日の朝に敵を捕捉、ただちに航空攻撃隊を出すと同時に、主隊と警戒隊は艦隊最大速度でウェーク島支援にむかう。

こうしておけば、明日の朝から味方の航空支援が始まり、夕刻には該当海域に我々が到着できる。

そうなれば、たかだか軽空母四隻のみの敵部隊など叩きつぶせる。ようは発見できればいいのだ」

ここで華々しく敵艦隊を屠《ほふ》れば、今度こそ自分にも注目が集まる。

そうなれば連合艦隊のほうから、ぜひ参加してほしいと誘いが来る……これが草鹿の望みだ。

なんとしても連合艦隊の一員となり、主力戦で戦果をあげる。

講和気分は連合艦隊内ではかなり高まっており、

このままだと手柄をあげないまま終戦を迎えかねない。それだけは避けねばならぬ。

草鹿にとって戦争は、名を高めるための手段でしかなかった。

2

八月一二日　カビエン

「諸君に急遽、戻ってもらったのは、フィジー周辺が穏やかじゃなくなってきたからだ」

カビエン基地司令部にある会議室。

そこでいま、基地幹部を集めての作戦会議が開かれている。

最初に発言したのは、基地司令官兼広域護衛隊司令の瀬高和義少将だ。

サイパンまで輸送部隊を護衛した第一広域護衛隊は、中部太平洋で護衛総隊所属の部隊が大被害を受けたのを知り、横須賀の総司令部から任務変更命令が出るかもしれないと判断、しばらくサイパンの港で待機していた。

だが、すぐカビエンへ戻れとの命令が届き、帰路の護衛任務もキャンセルされた。そこで、しかたなく帰路の対潜哨戒任務だけ行ない、最速で基地へ戻ったのだ。

いま瀬高司令が『諸君』と言ったのは、あくまで広域護衛隊幹部に対してのものだ。

ほかにも陸海合同航空基地／水上機基地／基地守備隊の幹部が出席しているため、すべての議題が広域護衛隊に関係しているわけではない。

「それについては、我々のほうでも横須賀から命令を受けとっていますので、充分納得の上で戻ってきました。

及川司令長官名で『すぐに基地へ帰投して本格

的な出撃に備えよ』とまで言われたのですから、戻るしかありませんでしたよ」

瀬高の気づかいに対し、秋津小五郎護衛隊司令が返答した。

「本当にすまん。諸君の代わりといってはなんだが、中部太平洋方面へは、横須賀警備府にいる総司令部直轄の第一／第二広域警戒戦隊が出た。

搭載する襲天は三二型と二二型と古いが、灘型母艦が八隻もいるから総数で二四機になる。これに第一〇航空艦隊や各島の航空隊もいるから、敵空母部隊より戦力は上になる。

そこで諸君には、南太平洋に専念してもらうことになったそうだ」

瀬高とて、横須賀の総司令部で決まることについては蚊帳《かや》の外だ。

決まったことを知らされるだけだから、それをあらためて護衛隊の面々に説明しなければならない苦労は理解できる。

「おい、菊地。やっぱ場違いだよな」

会議室の壁沿いにある木製の椅子に座った三国が、こっそり耳打ちした。

「しっ！　話ならあとで聞くから」

勝手に会話などしているところを見られたら、あとで盛大に怒られる。

あくまで二人は、会議に参加している秋津に専属する連絡武官として入室が許されただけであり、会議において発言権がないのは当然、テーブルにつくことすら許されていないのだ。

菊地たちは近い将来、少尉へ特進することが決まっている。

少尉になったら、護衛隊幹部と隊員との橋渡し役を兼任することになるらしい。これまで秋津がやっていたことの一部を、そっくり丸投げされるのだ。なんのことはない、昇進しても小間使いされる役のままということになる。

　陸軍カビエン飛行隊長の出島磯吉少佐が、挙手をした上で発言を求めた。

「海軍飛行艇による長距離偵察では、サモア周辺に四隻の軽空母を有する機動部隊がいるとのことだが、味方の空母部隊はあい変わらずニューカレドニア付近にいる。

　その代わり、フィジーとニューへブリディーズ諸島の航空基地に対し、敵機動部隊による急襲に警戒するよう命令が出た。こうなると、早い段階でラバウルとガダルカナルの航空基地には、移動および出撃要請が出る。

　そこでカビエン基地としても、陸海軍で構成されている基地航空隊の一部が、支援派遣のため移動する可能性が出てきた。

　つまり……もし支援派遣が実現すれば、現状ではカビエンの航空防衛が減弱するということだ。なにしろ出すだけで、ここへ支援にやってくる航空隊はいないのだからな。

　我々は、あくまでカビエン防衛を主任務と考えているから、この状況は忸怩《じくじ》たる思いである。そこで、もしそういった状況になった場合、基地としてはどう対処するのか教えてほしい」

　出島は少佐なのに、瀬高少将をはじめとするそうそうたる面々相手にタメ口を吐いている。

　これは陸軍ではあり得ないことだが、いちいち階級を意識しての発言は肩が凝《こ》るとして、瀬高みずから対等の口調で話すよう要請した結果だ。

　しかし、それを馬鹿正直に受けとめたのは出島だけなのは、一連の発言を聞いてもわかるだろう。

　カビエン基地でもっとも頭の硬いのは、陸軍航空隊といわれる由縁である。

「現在のカビエンは、すでに最前線ではなく後方支援基地扱いになっている。ポートモレスビー攻略作戦ですら、ラエなどが航空出撃拠点となっているため、ラバウルでさえ後方支援基地扱いだ。

したがって、一時的にカビエンの航空防衛が手薄になっても、留守部隊だけでなんとかなると判断している。敵も相当な無茶でもしない限り、カビエンを空襲することはないだろう。大丈夫だよ」

楽観主義の瀬高にそう言われると、陸軍でなくとも心配になってくる。

しかし、いまの返事に関してだけは正論だ。

敵が隙をついて奇襲をかけるとすれば、カビエンより先にラバウルになる。

ラバウルより優先度が高いのはソロモン諸島で、ガダルカナルに二箇所ある航空基地を無視して来ることはあり得ない……。

「あー、敵の空母部隊が来ないのは理解できますが、潜水艦なら近くまで来る可能性があるんじゃないですか」

唐突に発言したのは、基地守備隊長の塩崎寛治大尉だ。テーブルについている中では最下位の階級だけに、さすがに敬語を使っている。

「近隣の敵潜水艦については、たとえ広域護衛隊が出払っていても、陸上襲天隊が八機、水上機基地に二式対潜飛行艇一機、九七式対潜飛行艇一機、零式対潜水上機四機がいるから彼らで対処できる。

それでも足りないほど多くの敵潜が現われたら、ラバウル基地と合同で対処する手筈になっている。そもそも対潜駆逐のための広域護衛隊なのだから、彼らに任せていれば大丈夫だ」

瀬高の説明に塩崎は納得したようだ。

しかし、そこに横槍が入った。海軍飛行隊長の真崎英太少佐だ。

「本当に大丈夫なんでしょうか。聞けばサイパン所属の護衛隊が、かなり酷いことになっているそうですが……。

これまで護衛隊は、こちらから打って出ていたから戦果をあげられたものの、敵から攻められると弱いんじゃないかって、海軍飛行隊内ではもっぱらの噂になっているんですが」

海軍飛行隊と広域護衛隊の襲天隊との確執は、とっくの昔に解消したはず。

そもそも、当時の飛行隊と現在の飛行隊は別物になっている。だが内部では、密かに受け継がれていたようだ。

この疑問に対しては、瀬高に乞われて秋津が返答した。

「たしかに護衛隊は対空装備に関しては貧弱だ。そもそも護衛艦からして、海防艦の改装型でしかない。母艦は駆逐艦改装だが、改装後の対空装備は機銃のみと、最低限しか搭載していない。

だから、上空に襲天が直掩していない状況で襲われると大被害を受ける。そういった意味では、中部太平洋での被害は妥当な結果と言えるだろう。

ただし、あくまで敵の機動部隊に奇襲された場合のみだ。あれは、まったく無防備な状況で襲われている。

上空に襲天はいなかったし、部隊は輸送船護衛に専念していた。上空の守りは、あと一〇分ほどでビキニ基地航空隊がやってくる手筈だった。

まあ……油断と言われたらそうだが、あの状況で奇襲をかけられたら、たとえ第一航空艦隊でも大被害を受けるはずだ。ようは防げなかった。敵将の采配が優れていたってことだ」

秋津は、サイパン隊を擁護していない。

事実をそのまま口にしている。

それでもなお、南太平洋海戦で活躍した護衛隊の印象は、『無敵』に近いものだ。無敵の艦隊が大敗北すれば、艦隊の能力より指揮官の能力が問われる。

いま、それが問われていた。

「やけに気弱ですね。もしまた南太平洋で大規模作戦が実施されたら、連合艦隊から広域護衛隊に出撃要請が来るのと違いますか？

前回は大丈夫だったけど、次もそうとは限らない。そう聞こえたような気がしたんですけど……」

「いや、その通りだ。広域護衛隊は、所詮は対潜駆逐部隊だ。それがなぜか、空母機動部隊に準じる扱いになっているほうが異常なのだ。敵の空母に襲天が魚雷をブッぱなすなんぞ、外道もいいところだぞ。

だから、もし次があるとすれば、その時はまともな使いかたをしてくれるよう願うしかない。相手が連合艦隊だと、俺たちの意見具申など無視されるからな」

これまで胸の内に隠していた思いが、思わず飛び出てきた。そんな感じのする秋津の返答だった。

場の雰囲気が荒れてきたのを見て、のほほんとした瀬高の声がした。

「まあまあ。個々の所属部隊のことは、部隊内会議でやってくれ。もしくは幹部同士での懇親会でだな。

いまは基地合同の作戦会議なんだから、今後予想される出撃に関して、事前に想定した上で万全の出撃態勢をとるには何をすればいいか、それが主要議題になっている。

しかしまあ……こうして顔を合わせると、日頃聞きたいことが出るのもしかたないか。よし、そうだ。なら各所属部隊ごとに、質問事項を書類にして提出させることにしよう。

これなら質問相手に書類を届ければ、適確な返事が得られるだろう？　それらの質疑応答が一巡したら、あらためて会議を開くことにしよう。

その頃になれば、周辺事態もある程度わかってくるだろうし、いまはサイパンにいる連合艦隊も、その後の動向がはっきりしてくるかもしれん。よし、そうしよう」

勝手に話をまとめた瀬高が、いそいそと解散を宣言する。拍子抜けした面々は、それでも無理に納得して各部隊へ戻っていった。

司令部棟から護衛隊宿舎へ戻る道すがら、菊地はため息まじりに口を開いた。

「なんか俺たちがやったことって、護衛隊に迷惑かけただけじゃないのか」

先ほどの真崎英太少佐の、辛辣《しんらつ》というか嫌味に聞こえる話に、相当のダメージを食らっている口調だ。

「連合艦隊にも襲天搭載部隊が新規に追加されたんだ。海軍の連中が嫉妬でひがむのもしかたないさ。まあ、秋津司令の言う通り、襲天に限界があるのは確かだけど……。

でも、俺たちも馬鹿じゃないから、前の海戦で使った戦術は、次はもう通用しないって思っている。その点だけは他の護衛飛行隊とは違うとこだ」

「ああ、俺たちが編み出した戦法を、いま他の護衛飛行隊や海軍の襲天隊が真似しはじめてる。なのに肝心の俺たちは、もうあれは役に立たないってことで、敵が旧戦術に対処した戦いを挑んでくることを想定して、新たな戦術を構築済みだ。

実戦ではまだ使ってないけど、サイパンへ行く途中で、あれこれ試してみた。だから訓練も充分に積んだ。

そうそう真崎少佐の言う通りにはならんさ。少なくとも、第一と第二広域護衛隊の襲天隊だけは、今後も大丈夫だと信じたい」

戦術を使っての戦いは、知恵と知恵の戦いでもある。

中部太平洋に現われた敵空母部隊の指揮官は、どう考えても南太平洋で戦った指揮官と同じ……。世界でも数名しかいない戦術の天才だ。

対する自分たちは、ただの凡才。そのような者が、たまたま運がよかっただけで勝てた。まさに無謀の一言である。天才相手に戦術を練る。

しかし、そうしなければ無為無策のままやられてしまうことが、中部太平洋で証明されてしまった。

サイパン隊の明日は、自分たちの明日なのだ。

「大丈夫だって。佳奈子ちゃんの秘密の御守りも、もらってるから」

「……⁉」

いきなりの三国の爆弾発言。

「おまえ……いつの間に⁉」

「えへへ。無理言って、もらっちゃった。俺たち、いま注目の的だから、次も最前線に送りこまれる。そうなったら、佳奈ちゃんだけが頼みの綱なんだって嘘泣きまでしたら、ちょっと待って……って言って、恥ずかしそうにくれたんだよ」

「あー」

言葉が出ないとは、まさにこのことだ。

カビエン基地全隊員を、三国はいま敵にまわした。そのことを当人だけが気づいていない。

「お、おまえ。もし冗談じゃなきゃ、死にたくなければ今後、絶対にこのことを口にするな。御守りも、絶対バレないとこにしまっとけ。出撃する時だけ出して、襲天に持ち込め。俺が言えるのはそれだけだ」

ため息もどこへやら、菊地は真剣そのものの顔で説教している。

「あー、わかったよ。でもこれ、貴様の御守りでもあるんだからな。俺たち一蓮托生だからな」

「うわー」

菊地はとうとう頭を抱えて、地面に座り込んでしまった。

かくして……。

緊張感のカケラもない状況で、事態は急速に展開しはじめたのである。

3

八月二三日夜　中部太平洋

「大変です！　ウトリク基地が砲撃を受けているとの報告が来ました!!」

重巡足柄の長官室で仮眠していた草鹿のもとへ、伝令が駆け込んできた。

草鹿部隊はいま、サイパン東方一二〇キロ地点を警戒航行している。

指揮下にあるのは、草鹿が直率する主隊／平井泰次大佐率いる警戒隊／松本毅少将率いる第一〇航空艦隊、そして護衛総隊から派遣された、眉月貫吾少将率いる第一／第二広域警戒戦隊だ。

主隊の東方五キロに警戒隊が位置し、積極的に対潜哨戒を実施している。

指揮下に広域警戒戦隊（襲天二四機）がいるのだから、対潜哨戒および駆逐は彼らに任せ、警戒隊は主隊もしくは第一〇航空艦隊の護衛に専念させるべき場面である。

しかし草鹿は、いまも護衛総隊を軽視している。自分の部隊を守らせるのは海軍部隊に任せ、襲天は遠距離索敵に専念するよう命令を下しているのも、そのためだ。

とはいえ……足の長い襲天を索敵に用いるのは正しい運用法だが、それだけをやらせるのは本末転倒している。もともと襲天は、対潜駆逐用の飛行艇だからだ。

搭載している短魚雷にしても、もとは浮上している潜水艦を攻撃するためだ。それが、南太平洋で間違った運用法により大戦果をあげたことで、海軍内部で本来と違う運用法が定着してしまったのである。

草鹿は偏見から、それに輪をかけて誤用の上塗りをしている。

すなわち、襲天隊を広域索敵に使うだけでなく、敵空母を見つけたら即攻撃しろと命じたのだ。これまた、南太平洋での空母に対する誤用が原因である。

当然、広域警戒戦隊から苦情が出たが、草鹿はすべてを無視している。

そのような状況の中、突然に飛びこんできた情報だった。

「どこからの報告だ」

寝入ったばかりだった草鹿は、不機嫌そうな声を隠そうともしない。

「ウトリク基地が、サイパンの中部太平洋艦隊司令部へ緊急支援要請を打診しています。このままでは、朝までに航空基地は壊滅するそうです」

ウトリク基地は、マーシャル諸島区域の中核的な航空防衛拠点となっている。

西のビキニ基地と双璧をなし、他の島にある滑走路を活用することで、打たれ強い運用法を可能としていた。だから、その双璧の片一方が壊滅すれば、マーシャル諸島全域の危機に直結する。

当然、それなりの防備を備えている。

航空機の数も多いし、基地の直属として呂号潜水艦四隻が特別に配備されている。

ただし、基地守備隊は一個大隊五〇〇名のみだ。これは敵が上陸する前の段階で阻止する前提のため、基地防備は最低でよいと判断されたためだ。

「砲撃と言ったな。ということは、島の至近距離に敵水上艦部隊がいるということだ。これまで発見の報告はなかったが……どこから来たのだ」

「自分にはわかりません。艦橋へ移動願います」

伝令相手に参謀へ聞くようなことを質問すれば、当然のように困惑される。

しかし草鹿は、自分が愚を犯したことを反省することもなく、そのまま伝令を無視して艦橋へ向かった。

*

「さて、敵はどう動くかな」

こちらは軽巡アトランタにいるスプルーアンス。

第14任務部隊による砲撃が開始される時刻となり、作戦進捗状況を知るため艦橋に戻っている。

「いま頃は慌てているはずです。なにしろ戦艦二隻による集中砲撃ですから。古いネヴァダとペンシルヴァニアとはいえ、対地攻撃に使用するぶんには、充分に効果がありますから」

ジョン・サッチ参謀長兼航空参謀は、スプルーアンスに合わせるように感情を抑えた声で答えた。

もとの作戦プランでは、対地攻撃を実施する部隊の中核艦は重巡二隻となっていた。

これはスプルーアンスが出したプランだが、それを戦艦に昇格させたのがサッチ参謀長だ。

「デビソンには、朝までには退避するよう命じてある。だが、最大でも一八ノットしか出ないのでは、なかなか逃げられない。やはり重巡のほうがよかったのではないか」

ラルフ・E・デビソン少将率いる第14任務部隊は、低速戦艦二隻がいるせいで、艦隊速度は最大でも一八ノットしか出せない。

戦艦単独では二〇ノットが公試最大速度だが、ずいぶんくたびれてきているため、よほどの好条件でもない限り、その速度は出せない。

一時間にわずか三三キロ。自転車に毛が生えた程度の速度でしかない。だから理屈では、スプルーアンスの言う通りだ。

しかしサッチも、あえてスプルーアンス部隊の参謀長になるくらいだから負けてはいない。

「長官は素晴らしい策略家ですが、凡人の心理を理解しなさすぎです。日本からもっとも遠い最前線の島が砲撃された。砲撃しているのが戦艦か重巡かで、日本本土にいる海軍上層部の反応は違ってきます。

重巡の場合、いかに効率的であっても、日本軍は中部太平洋が主戦場になるか否か、まだ確信を持てないでしょう。しかし、戦艦が二隻も出てきたとなれば、かなり動揺するはずです。

たかが陽動のために戦艦を使う。これこそ、物量に優る合衆国海軍が取るべき策ではないですか。無駄で結構。その無駄こそが、相手の迷いを増大させるのです」

こちらの理屈も、それなりに説得力がある。

いいコンビである。

「まあ……デビソンには、万が一の場合は被害想定部隊になってもらうとは言ってある。敵があちらに食いつけば、こちらの作戦はずっと楽になるからな」

スプルーアンスは再反論せず、話を先に続けた。

どのみち今夜はデビソン部隊しか動かない。

スプルーアンス部隊はいま、ミッドウェイ島から南西一三五〇キロ地点にいる。ここはウェーク島／ミッドウェイ島／ビキニ島の、ちょうど中間点にあたる場所だ。サイパンからは三三〇〇キロも離れていて、日本軍の大規模な航空攻撃を受ける可能性はない。

スプルーアンスはまだ知らないが、草鹿部隊がいかに急いでも、攻撃半径に捉えるには一昼夜の艦隊全速航行が必要となる。

この距離では、さしもの襲天も片道飛行でしか届かない。菊地たちがやらかした航続限界をこえる索敵、すなわち帰路で燃料切れになって着水する大前提での無茶をやっても、救援が来るまでに一〇〇〇キロほどの距離を残すことになる。

さすがに、ここまで距離があると発見するだけでも大変だから、おそらく菊地たちでも躊躇《ちゅうちょ》するはずだ（やらないとは断言できない）。

反対にデビソン部隊は、現時点での位置関係であっても、わずか一〇〇キロ程度北上するだけで、スプルーアンス部隊の艦上機による支援を受けられる。つまりスプルーアンスは、圧倒的に有利な状況で作戦を進めていることになる。

問題は日本側が、うまく策に乗ってくれるかどうかだ。

デビソン部隊の後方一〇〇キロには、無防備な小規模一個輸送隊がいる。小型輸送船三隻に分乗した海兵隊・一個大隊六〇〇名が乗り込んでいる。

この部隊は、ミッドウェイにいるウェーク島上陸作戦担当部隊とは別で、ジョンストン島経由でやってきたものだ。

おそらく合衆国海軍が行なう上陸作戦としては、もっともミニマムな規模となる。

彼らには、実際にウトリク島へ上陸してもらう。ウトリク島はさえぎる障害物もない珊瑚礁の一部が陸地化した土地のため、水上艦艇の支援をともなった上陸部隊が急襲すれば、守備側はなす術《すべ》がない。

なにしろ退避壕ですら、硬い珊瑚礁とすぐ海水があがってくる土地柄のため、作るだけでも苦労するからだ。

しかたなく土嚢を積み上げ、外側に可能な限り珊瑚砂を盛り上げ、内側と天井を鉄板で覆い、その上にも珊瑚砂を盛るといった涙ぐましい努力をしている。

それでも、戦艦の艦砲射撃の直撃を受ければ吹き飛ばされる。たぶん海兵隊が上陸する頃には、日本守備隊は壊滅的な状況になっているだろう。

「今回の作戦目的は、上陸完遂にあるのではない。あくまで日本海軍の一定戦力を中部太平洋へ張りつけ、可能ならば漸減することにある。それがハルゼー部隊への間接的な支援になるのだから、これは枝作戦というより事前作戦だ。

だから、一定規模以上の敵艦隊を誘い出さねば、作戦が成功したとは言えない。私の予測では、明日の夕方が敵艦隊を確認する最初のチャンスとなる。そこで日本軍の戦法にならい、ミッドウェイからカタリナ二機がやってくる。

近くに着水したカタリナへ燃料を補給し、早朝からサイパン方面へ遠距離索敵に出す。我が艦隊の艦上機が届かぬ二〇〇〇キロ以遠のどこかに、かならず敵艦隊が出てくる。それを明日の夕刻時点まで把握し続ければ、勝利する可能性が格段に上昇する」

スプルーアンスは、すでに下し終えている命令をあえて口に出した。

せっかく、サッチという優秀な参謀を手に入れたのだ。いつもの説明不足で齟齬《そご》を来すことだけは避けねばならない。それがいま、スプルーアンスを雄弁にしていた。

勝負の分かれ目は明日の夕刻。

八月二四日午後が『カプト・メデュサエ』作戦の本格始動日時となっている。

すなわち中部太平洋だけでなく、南太平洋のハルゼー部隊も動きはじめるのである。

＊

「さて……こちらも動くとするか」

南太平洋、サモア至近海域。

ハルゼーが、軽巡ラーレイの艦橋に設置された臨時の長官席に坐っている。

いつもなら正規空母を旗艦とするのを好むハルゼーだが、さすがに護衛空母を旗艦にする気にはならなかったらしい。

第22任務部隊――護衛空母四隻／軽巡二隻／駆逐艦一〇隻からなる、現時点においては南太平洋でゆいいつの米空母部隊である。

「スプルーアンス部隊からの連絡はありません。ハワイからは、すべて予定通りとの通信が入っています」

報告を行なったのはロバート・B・カーニー参謀長だ。

カーニーは、これまでハルゼーのお気に入りだったマイルズ・ブローニングが更迭されたため、代わりとして配属された。

ブローニングが短気で、周囲とのトラブルを頻発させた結果の更迭だったため、ハルゼーが参謀長候補の中から、『もっとも短気ではない者』として選んだ男だ。

「あいつらしいな。そのハワイからの通信が、実質的な作戦開始の号令だ。中部太平洋でスプルーアンス艦隊が日本海軍部隊を引きずり出す算段を始めるタイミングで、こちらも予定の行動にうつる。そう前もって二人で決めたんだ」

スプルーアンスはハルゼーが動きやすいよう、陽動のため先行している。

しかし、いまハルゼーの手元にある艦隊は護衛空母部隊と、オルデンドルフ少将率いる戦艦五隻を中心とする第13任務部隊、そして前衛警戒部隊となるアーレイバーク大佐の第21任務部隊（重巡一／軽巡二／駆逐艦八）のみだ。

全部あわせても、スプルーアンス部隊とほとんど変わらない。

だが、本日をもって開始される『カプト・メデュサエ』作戦に連動して、いよいよハワイから主力部隊がやってくる。

その名は、ラテン語で『メデューサの頭』という意味だ。

こちらは、正直いって凄い。南太平洋方面部隊と命名されたそれは、第6任務部隊の空母群（正規空母三／軽空母三／軽巡七／駆逐艦一二）、打撃群（戦艦四／重巡二／軽巡三／駆逐艦一四）だ。

正規空母はいずれも最新鋭のエセックス級、戦艦も最新鋭のアイオワと、ついこの前まで最新鋭だったマサチューセッツ／ワシントン／アラバマとなっている。

軽空母は、出来たてほやほやのインデペンデンス級で、一気にインデペンデンス／カウペンス／モントレイが配備された。

ただし艦は新品だが、乗務員と航空隊は過去に沈められた空母の生き残りで構成されているため、ある意味、エセックス級正規空母よりベテラン揃いと言える。

第6任務部隊は、ハワイに集められた新造艦を中心に編成された部隊なのだ。

対する第13任務部隊の戦艦は、ノースカロライナ／コロラド／メリーランド／カリフォルニア／アイダホと、やや古い。しかし、戦艦だけで九隻なのだから、これは日本海軍がすべての戦艦を出さない限り、比較劣勢となる戦力である。

空母戦力もエセックス級が一〇〇機搭載の大型空母のため、実質的に日本の正規空母四隻ぶんに該当する。

軽空母は日米ともに似たようなものだが、速度の点では合衆国のほうが優っている。

軽巡に至っては最新鋭のクリーブランド級が中心だし、駆逐艦もリバモア級とフレッチャー級で固められている。

日本海軍が、戦前からある軽巡が大半なのに比べると、羨ましくて涙が出そうだ。

しかし、これが合衆国の底力なのだから、あえて戦争に及んだ日本も覚悟の上だと思うしかない。

「第21任務部隊のアーレイバーク大佐から入電です。我、二隻の敵潜水艦を撃沈す。引き続き前方警戒を実施する。以上です」

「ほう、いきなり二隻とは、なかなかやるな」

現在のサモア周辺には、多数の日本潜水艦がたむろしている。だからといって、このタイミングで、ほぼ同時に二隻を撃沈できたのは、まことに幸先のよい出来事だった。

「そういえば、第21任務部隊の駆逐艦には、新しい曳航《えいこう》式聴音装置が設置されていましたね。あれが予想以上に有効だったのではないでしょうか」

カーニーが記憶を探るような顔で発言した。

「ああ、あれか。あれもまた、スプルーアンスの発案だ。あまり時間がなかったから酷い出来だったらしいが、もともと簡単な構造だから、雑な作りでもきちんと性能を出せるようだな」

ハルゼーは、てっきり無駄になると思っていたらしく、予想外といった表情を浮かべている。

それもそのはずで、『PW-PDM-01』と名づけられたそれは、長さ二〇〇メートルの曳航ワイヤーを兼ねた電線の四箇所に、圧電式聴音マイクを取りつけただけのものだからだ。

聴音マイクのある場所には硬質ゴム製の浮きが設置されていて、浮きの内部には小型の真空管とバッテリーで構成される信号増幅装置が入っている。マイクは浮きから一メートルほど下へ吊り下げる格好で配置されていて、三本の懸垂線を使い、つねに一方向のみをむくよう細工されている。

マイクが拾った水中音は、浮きの中の増幅装置で増強され、電線を通じて駆逐艦の艦尾にある大きなリールへ繋がっている。リールの横には雨中でも感電せずに聴音作業ができるよう、鉄板と木で造られた極小の小屋が設置されている。

この装置、のちの世では『曳航式聴音装置』として活用されることになるが、この時点では、まだ制式装備として採用されることなど夢また夢の実験的な機器でしかない。

「こっちには新造艦や新型艦上機だけでなく、いろいろと隠し玉がある。これまで日本が得意とした秘密兵器だが、合衆国もやろうと思えばできる。それを証明するのが、今回の作戦の目的のひとつにもなっている」

「長官、お話をもっと聞きたいところですが、まずはご命令を」

冷静に、かつ穏やかに。

ここまで温和にハルゼーへ苦言を言える参謀長はいない。まさにカーニーらしい場面である。

「おう、そうだ。では、とりあえず行くか。第22任務部隊、全艦、艦隊全速で西へ向かえ!」

低速の護衛空母では、艦隊全速といっても一六ノットしか出せない。それでもハルゼーが指揮すると、数ノットは速くなるような錯覚にとらわれる。

それがハルゼーのカリスマであり、不可能を可能とするブル・ハルゼーなのだ。

かくして……。

明日の夕刻に実施されるであろう中部太平洋での戦闘にあわせ、いま南太平洋においても新たな歴史がつづられようとしている。

それらの行く末が、日米だけでなく全世界の運命を決める。

　ついに……最終作戦が始まったのである。

4

八月二五日　南北両太平洋

　二五日朝。

「おい、あれ見ろ！」

　護衛総隊横須賀総司令部直属、第二広域警戒戦隊に所属する襲天二二型。

　四機が今朝未明、草鹿任一の要請に基づき、ウェーク島南東海域の広域索敵に駆り出された。

　四機のうちの『北一線』と呼ばれる索敵線を担当している星灘襲天隊三番機の機長――熊沢塔一郎一等兵曹が、前席にいる佐々木信造二等兵曹へ声をかけた。

「ん、どこだ？」

　星灘襲天隊三番機は機首を北東へ向け、高度一〇〇〇メートルで飛んでいる。

　広域索敵では視界確保のため、どうしても高度を取らねばならない。敵に発見される可能性は高くなるが、それ以前に見逃しのほうが許されないからだ。

「右二時方向……距離一五〇〇くらいだ。空母がいる」

　示された方向に目を凝らした佐々木は、ようやく小さな長方形の陰影を見つけた。

　まだ夜明け前の薄暮ということもあり、薄青もしくは薄灰色の塗装が海に溶けこんでいる。よほど気をつけてないと見逃してしまいそうだ。

「打電する」

　発見したら、なによりも先に報告をするよう厳命されている。通信は前席の佐々木が担当のため、すぐさま作業に入った。

「まだ敵直掩機は気づいていない。やれるぞ」

佐々木の返事はない。

打電に集中しているようだ。

機長の熊沢は草鹿部隊から命じられていたことを、頭の中で再確認した。

『発見即報告。これが最優先だ。そして攻撃できるなら早々に魚雷を投下し、身軽になって帰投せよ。魚雷投下による航続延長ぶんは、迂回して母艦位置を攪乱《かくらん》するのに使用すること……』

カビエンの広域護衛隊は、これと似た状況で敵の正規空母に痛手を与えた。

同じ護衛総隊ながら、こちらは総司令部直属の精鋭。同じことなら楽勝でできる……。

口には出さなかったが、いま熊沢の脳裏には確実に自問の声が聞こえている。

「雷撃態勢に入る!」

「……えっ?」

ようやく気づいた佐々木が、一瞬だが驚きの声を出した。

しかし、機長がすでに機体を降下させはじめていると知り、その後の言葉を飲みこむ。

「距離六〇〇〇で高度一〇メートルの雷撃コースに乗る。距離七〇〇〇で接水、同時に雷撃を実施。直後に右へ方向転換しつつ離水に入る。いいな!」

「了解。攻撃実施を打電する」

ここまでは訓練した通りだ。

潜水艦相手なら何度か交戦したこともある。しかし、空母は初めてだ。

「雷撃準備、すべて完了」

佐々木は打電しつつ、しっかり雷撃準備までこなしている。

さすがは護衛総隊の中ではエリートだ。

「高度一〇。距離五五〇〇」

「上空のF4F、気づいた！」

上を見上げていた佐々木が、高度二〇〇〇付近にいる朝日を浴びたF4Fが高度を下げつつあるのに気づいた。

「このまま行く！」

いったん雷撃コースに乗ったら、魚雷を放出するまでテコでも動かない。

それが大原則だから、いまの二人は、雷撃地点の七〇〇メートルに一秒でも速く到達することしか考えていない。

「距離一五〇〇」

「正面にいる左舷後部を見せている空母を狙う」

佐々木たちは、菊地たちが編み出した雷撃戦術を見事に模倣しつつある。

狙われた空母も気づいたらしく、左舷飛行甲板にあるスポンソンから、一条の曳光弾の列がこちらへ撃ち出されはじめた。

「……機銃に狙われている⁉」

この距離、この高度であれば、敵艦の機銃は水平以下の射角になるため狙えない。そう報告にあったが、敵は一挺のみだが撃ってきた。

「手持ちの機関銃かなんかじゃないのか」

熊沢も異常を確認したらしく声をかけてきた。

だが佐々木は、いまの状況を雷撃直前まで打電するため、右手で打鍵器、左手には投下レバーを握り締めている。返事をする余裕などなかった。

「距離八〇〇！」

あと一〇〇メートル。

時速三〇〇キロだと、一秒で到達する。

まさに直前……。

「投……」

佐々木がレバーを握る手に力を込めた瞬間。

前席風防のすぐ左横を、機銃の曳光弾がすり抜けるのが見えた。

――バッ！

直後、無数の断片が、二人のいる前席と後席の風防を蜂の巣にする。これでは、いくら搭乗席のまわりに防弾板を設置してあっても無意味だ。

「ぐあっ！」

熊沢の悲鳴ともあえぎとも取れる声。

佐々木も首に破片を受け、そこから盛大に血が吹き出しはじめている。

声は出ない。最後の力をふり絞り、レバーを引き切ろうとする。

だが……。

操り手を失った襲天は一瞬で海面に接触し、その反動で佐々木の手を跳ね飛ばす。

レバーを握りなおそうと、なおもあがく佐々木。

そこへ、ふたたび野太い機銃弾の列が襲ってきた。

ボフォース四〇ミリ単装機関砲。米太平洋艦隊が独断で改装を決行した、例のスポンソン装備の手動機関砲だ。

四〇ミリともなると、射撃の反動を人力で吸収できない。反動吸収は砲身退縮装置と固定支柱に任せてある。つまり、機関砲は支柱に固定されていて、通常の単装機銃のように振り回すような仕組みにはなっていないのだ。

そこで上下角は射手の左手によるハンドル操作、左右角は装弾手が同じくハンドルを回して変更する。

また、鉄柱の上に固定されている機関砲は、距離九〇〇から五〇〇メートルまでの海面をカバーできるよう射角調整が可能だ。

そう……。

この機関砲は、艦に忍びよる超低空侵入してくる敵機、もしくは小型の水上艦艇を想定した専用装備なのだ。上空の敵は狙えないのだから、異色の対空装備といえる。

そして、もうひとつ。四〇ミリ機関砲弾には、開発されたばかりの四〇ミリ用VT信管が装着されている。

すでに高角砲すべてに対処しているVT信管だが、ついに大口径機関砲弾用のものまで完成したのである。

これが熊沢と佐々木にトドメを刺した。

サイパン所属の護衛隊が放った襲天が大被害を受けたのも、この機関砲とVT信管によるものだった。

少し遅れて、雷撃態勢に入っていた星灘襲天隊四番機も、上空から降りてきたF4Fによって撃墜されてしまった。

こちらは佐々木機が艦載機関砲で撃ち落とされたことに違和感を覚え、雷撃を仕切りなおそうとしていた直後の出来事だった。

＊

午前五時三五分。

「星灘襲天隊三番機より入電！　我、敵空母を発見す!!」

待望の報告が草鹿のもとへ舞い込んだ。

「位置は？」

すかさず富岡定俊参謀長が誰何《すいか》する。

「北東五九〇キロ地点です。空母四、軽巡三、駆逐艦多数。間違いなく敵空母部隊とのことです」

報告を聞いた富岡は、黙したまま草鹿を見た。

草鹿部隊は一昼夜を走りに走り、なんとかビキニ島北東海域にまで突出することに成功している。

低速空母をともなっているというのに、これは草鹿の快挙と言っていいだろう。

「航空攻撃を実施する」

その顔は、先手を取ったと言いまくっている。

「少し遠いと思いますが……」

あえて富岡は控えめに進言した。

「届けばいい。攻撃など一瞬で終わる。我々も前進するから、なんとか帰りつけるはずだ」

理屈では、たしかにそうだ。

草鹿の隷下にある第一〇航空艦隊の空母には、零戦三二型／駿星／雷天が搭載されている。このうち駿星艦爆／雷天艦攻の二種は、片道六〇〇キロしか航続距離がない。

なにしろ超小型の機体に、二五〇キロ爆弾や二式五〇〇キロ航空短魚雷を積んで飛ぶため、どうしても航続距離を犠牲にしなければならなかった。

そもそも、太平洋狭しと長距離飛行して攻撃するのは正規空母の飛行隊の役目であり、低速軽空母は航空機輸送や地域限定の攻防戦用に編成されている。

したがって、今回のような長距離攻撃の可能性がある場所に第一〇航空艦隊がいること自体、完全に場違いである。

なのに連合艦隊が出したのは、相手も軽空母部隊との報告があったからだ。

南太平洋海戦で戦った敵軽空母の艦上機は、いずれもＦ４Ｆとドーントレスだった。今回も報告にあるのはそれらの機のため、敵機の航続距離も判明している。

双方とも似たような航続距離だから、第一〇航空艦隊で大丈夫……。

そう判断した山本五十六だったが、それが大きな間違いだったことを知るのは、もう少し後になってからだった。

＊

一方、こちらは南太平洋。

ニューカレドニアの東方一三〇キロにある三個の島のひとつ、リフー島。

ここの北端にあるドキングには、すでに帝国陸軍一個大隊と工兵一個連隊が上陸を果たし、いま懸命になって一本の滑走路を完成させようとしている。

滑走路が完成したら工兵連隊は島を去るが、代わりに陸軍の一個戦闘機隊二四機と一個爆撃隊一四機がやってくる。

彼らの任務は、恒常的にニューカレドニア本島を爆撃し、敵に航空戦力の常駐を諦めさせることだ。

日本軍は、ニューカレドニアを奪取するつもりはない。いまだに本島へは上陸部隊を送りこんでおらず、もっぱら艦砲射撃と空母航空隊による爆撃でお茶を濁している。

その代わりに、ミニマムな進駐部隊を近隣諸島のここに送りこんだのである。

守備を担当する陸軍大隊は、いつでも輸送艦で脱出できるよう、ドキングのすぐ沖に一隻待機させてある。同時に、沿岸警備のための広域海防艦四隻、呂号潜水艦二隻も滞在中だ。

そして、滑走路が完成するまでのあいだ、有馬正文少将率いる第一一航空艦隊（低速軽空母海鷹／神鷹／海燕／白燕）が航空支援を行なっていた。

「フィジーのスバ飛行場が爆撃を受けました」

夜が開けた途端、有馬はたたき起こされた。

早朝の航空攻撃隊出撃は航空参謀に任せてある。朝の航空攻撃は定期行動のため、徹夜をしていては、さすがに身がもたない。そう考えて、何か突発事項が発生しない限り、部隊を臨戦態勢には置いていなかったのだ。

軽巡龍田の仮長官室となっている来賓室に来たのは、航空参謀付きの連絡武官（少尉）だった。

「サモアの陸上爆撃機か？」

一時期はしきりに実施していた米陸軍重爆隊による爆撃も、フィジー各地の飛行場に強力な飛燕改（空冷エンジン換装機）が新規配備されてからは、あまりにも被害が多すぎて頻度が激減している。

飛燕改は、突発的な空襲による地上破壊を防止するため、一機ごとに分散し、すべて滑走路周囲の密林内に隠蔽してある。そのため米爆撃隊の護衛についているＰ－38が爆撃直前の地上観測と制圧射撃を実施しても、一機も被害を受けなかった。

そして、緊急出撃した四機と朝の上空警戒に出ていた四機で、米爆撃隊とＰ－38を袋叩きにしてしまったのである。

だから最近では、二週間前にもっとも東にあるバヌア・バラビュー島の予備滑走路（米軍が遺棄していったもの）にいる迎撃用の隼戦闘隊を潰すため実施されただけだ。

この時も、滑走路を五日ほど使用不能にしたものの、迎撃に上がった隼二型六機にＢ－17一機とＢ－25一機を落とされている。

隼も二機がＰ－38に落とされたが、どう考えても米軍のほうが採算の取れない結果となった。

寝起きの有馬は、まず真っ先にそれが再開されたと思ったのだ。

「いいえ、来襲したのは艦上機のＦ４Ｆとドーントレスです。最近になって、フィジーの水上機基地に所属する飛行艇部隊が、サモア近辺で軽空母四隻を主軸とする空母部隊を発見していますので、おそらくそれかと」

たかが少尉が自分の考えを述べることなど許されていないから、この発言は航空参謀が伝えろと言った内容の一部だろう。

「わかった。ともかく艦橋に行く」

一瞬、のびた不精髭を剃っていくべきか鏡を見たが、すぐに諦めて略式軍装の上着に腕を通す。

「ああ、そうだ。どのみち今朝の支援爆撃は実施するから、先に艦橋へ戻って伝えてくれ」

フィジーが敵空母部隊によって爆撃されたとしても、いますぐこの場所からどうこうできるものではない。

現在位置からフィジーの拠点となっているスバまでは、おおよそ一二〇〇キロ。足の遅い有馬の部隊だと、どんなに急いでも一日半かかる。支援の航空隊を出すにしても、一日近く航行しなければ届かない。

ならば、できるだけリフー島の陸軍を支援した上で戻る……。

有馬らしい慎重な判断だが、これが正しいか否か、現時点では判断しにくい。

しかし、戦争は結果で判断される。

この時、有馬が即座にフィジーへ急行しなかったことが、その後の展開に大きく影響を与えたのは事実だった。

第3章　風雲急を告げる

1

一九四三年八月　中部太平洋

八月二五日、午前七時四二分。

第一〇航空艦隊を飛びたった四八機で構成される航空攻撃隊は、航続半径のぎりぎり外縁で、輪形陣を組んで北東へ移動している米空母部隊を発見した。

しかし上空には、またしても五〇機のF４Fが待ち構えている。

護衛の零戦三二型は二〇機。たとえ二倍以上の敵であっても、相手が以前のF４Fなら、三二型でもなんとか対処できる可能性はあった。

しかし……。

エンジンを新型に換装したF４Fが相手では、明らかに不利だ。

これが排気ターボを装備した零戦四三型なら、なんとか勝てるかもしれない。しかし、四三型は正規空母や高速軽空母へ優先配備されているため、低速護衛空母への配備のメドはたっていない。

「だ、駄目だ……」

追尾するF４Fを振りきれない零戦。

それを操縦している小林慶治二飛曹は、悲痛な声とともに無謀な賭けに出た。すなわち、急降下による増速で振りきる戦法だ。

　速度計の針が、零戦三二型の最高速度である五四〇キロを大幅に超える時速七〇〇キロに近づいていく。

　だがＦ４Ｆは、あざ笑うかのように追尾を続ける。

「新型……なのか？」

　小林の口から絶望的な声が漏れる。

　先輩から聞いた話では、Ｆ４Ｆはこの速度で追尾できないはず。新型のＦ６ＦやＰ‐38ならついてくるが、相手はどう見てもＦ４Ｆだ。

　時速七二〇キロ……。

　両翼の先端が激しく震え始める。

　翼端フラッターが始まった証拠だ。

「くっ……」

　小林は機速を落とすため、機首を引きおこす必要に駆られている。しかし、それを行なえば殺《や》られる。

「頼む！　あと二〇キロ!!」

　たかだか自転車が出せる程度の増速。

　それが小林の切なる望みとなっていた。

　だが……。

　速度計の針が七三〇キロに達する前に、両翼をもぎ取られた。

　最後の怨念なのか……。

　ちぎれ飛んだ左翼が、追尾するＦ４Ｆの正面にぶち当たる。道連れである。

　小林の愛機はそのまま海面に激突して四散した。

＊

「敵空母一、撃沈！」

　苛立ちながら戦果を待つ草鹿のもとへ、待望の報告が舞い込んだ。

「わあっ！」

　草鹿部隊の総旗艦となっている重巡足柄の艦橋。

そこに盛大な喚声が巻きおこる。

「あと一隻」

まんざらでもない表情の草鹿だが、安心するには、さらに一隻の戦果がほしい。

これは欲を出したのではなく、純粋に軍事的な観点からの希望なのだが、なぜか草鹿の口から出ると、もの欲しそうに感じられる。

その時、艦橋後部の階段から声がした。

「報告！　北東方向より敵機。距離、至近!!」

「対空戦闘！」

反射的に富岡参謀長が叫ぶ。

いまから艦隊全艦へ通達している余裕はない。これは艦隊命令ではなく、あくまで足柄に対する命令だ。

「……間違いではないのか」

草鹿が憮然とした表情のまま、報告した伝令に聞いた。

「上空観測員による複数の現認です！　敵は艦上機です!!」

艦上機とまで現認している以上、最低でも双眼鏡で確認しているはずだ。

これは間違いなかった。

「富岡……敵空母部隊の位置は、北東五九〇キロだったな」

「はい。おおよそ一時間前の位置ですが」

「攻撃隊の報告では、敵艦隊は北東へ退避中とあった。我々は航空攻撃隊が戻ってくるまで、現海域で待機中だ。ということは、敵艦隊の現在位置は、六〇〇キロ以上先ということになる。

いつから敵の艦上機は、片道六〇〇キロ以上も飛べるようになったのだ？　俺の知る限り、Ｆ４Ｆの最大航続距離は六〇〇キロのはずだぞ」

最大航続距離が六〇〇キロの場合、敵上空で戦う時間を加味すると、実際の航続限界は五〇〇キロ台になる。これは空母部隊を指揮する者なら、絶対に忘れてはならない事柄だ。

「たしかにそうです。しかし現実に敵は、いま上空にいます。それを否定することはできません」

「ならば、答えはひとつだ。敵はF４Fの航続を延長した改良版を投入している。この事実を、ただちに報告しろ。相手はサイパンでも本土でもいい。連合艦隊は傍受しているはずだ。ともかく、確実に連合艦隊へ伝わればいい。急げ！」

今回の作戦において、これが草鹿の下した最良の命令となった。

「直上、敵機！」

草鹿部隊の上空には、第一〇航空艦隊から直掩のため飛んできた一〇機の零戦と、第一／第二広域警戒戦隊から支援のため来ている襲天四機が直掩している。

対するF４Fは二〇機。ドーントレスは三〇機だ。零戦はともかく、襲天には荷が重い。

——ドッ!!

激しい縦振動とともに、真っ黒な煙と真紅の炎が吹き上がる。

「か、艦橋、すぐ後方に着弾！」

半分転げながら、艦橋後方から参謀の一人が走ってきた。

艦橋直後なら煙路が通っている場所だ。そこに着弾したとなると、最悪、缶室まで被害が及んでいる可能性がある。

「被害確認を急がせろ」

草鹿は、たまたま近くにあった羅針儀に左手をあてて身を支えていた。

「大鷹、爆沈！」

艦橋にいる全員が、反射的に左舷方向を見た。

主隊の左舷やや後方に、第一〇航空艦隊がいるはず。戻ってくる航空攻撃隊を収容するため、着艦陣形で航行中だ。三隻が斜行陣で進むことで、同時にすべての飛行隊を収容する。

だが、先頭に位置しているはずの大鷹がいない……。

その場所には、名残りのような黒煙が上空へたちのぼるばかりだ。

「たかが二五〇キロ爆弾一発で、なぜ沈む！」

日本の軽空母は脆《もろ》い。

草鹿もそれは承知している。

だが、これまでの戦闘結果を見ても、ドーントレスの五〇〇ポンド（二五〇キロ）爆弾一発で轟《ごう》沈《ちん》した軽空母はいない。

最低でも二発、もしくはヘルダイバーの五〇〇キロ爆弾でしか轟沈の記録はなかった。

「大鷹／雲鷹／沖鷹の三隻は、もともとは日本郵船の客船です。ただ、雲鷹と沖鷹は完成した客船から特設改装された艦ですが、大鷹だけは建艦途中から改装が始まり、空母として完成しています。

個人的な考えではありますが……もしかすると大鷹は、建艦途中からの改装ということで、なんらかの設計変更がなされたのではないでしょうか。たとえば工期短縮のための簡略化とか」

富岡の言ったことは、あくまで個人的な考えにすぎない。

だが、ミッドウェイでの大被害以降、日本は躍起になって空母建艦を前倒しにしているため、いかにもありそうな説ではあった。

「むう……」

せっかく空母数で優位に立ったのも束の間。

ふたたび振り出しに戻されてしまった。

しかも、まだ敵の攻撃は続いている。

「機関長から伝達！　第二缶室が破損。速度低下をまぬがれぬ模様!!」

「沖鷹に直撃弾！」

「第二広域警戒戦隊の青灘に直撃！」

次々に悲報が舞い込みはじめる。

「…………」

草鹿だけでなく、足柄の艦橋にいる全員が無口になっていく。もはや彼らにできることは、ただ傍観するだけだった。

そのような状況の中。

他の部隊からも報告が舞い込んできた。

「第一／第二広域警戒戦隊の眉月貫吾司令官から入電です。上空退避中の襲天隊全機、このままでは全滅の可能性あり。搭載魚雷の破棄を許可して頂きたい。以上です！」

上空にいる襲天二四機のうち、直掩の四機をのぞく二〇機は敵機来襲時には洋上待機していた。

これは第二次航空攻撃を仕掛ける準備中だったためで、敵襲さえなければ、いま頃は全機が敵空母部隊へむけて飛びたっていたはずだ。

当然、その二〇機は短魚雷を搭載したままだった。

「長官、必要な措置だと進言します」

もはや第二次航空攻撃を実施できる可能性は失せた。ここで全滅させられるくらいなら、魚雷を捨てて身軽になり、なんとか襲天の高火力を生かす巴《ともえ》戦に持ち込ませたい。

そう考えた富岡の進言だった。

「……許可する」

さすがに草鹿も状況を把握しはじめている。

いまは味方の部隊を一機、一隻でも多く救うことが先決だった。

「長官の許可が出た！　すぐ連絡しろ!!」

この時ばかりは、富岡も可能な限りの大声で叫んだ。

＊

「一隻を撃沈、一隻を航行不能。残る一隻にもなんらかの被害を与えた模様です」

　サッチ参謀長が通信室から伝令が持ってきた、航空攻撃隊からの第一報を報告している。

「敵空母に関する報告は、すでに予測済みだ。おおむね想定内におさまっている。問題は、敵の飛行艇母艦だ。攻撃隊の爆弾には限りがあるから、戦果は期待できないものの、可能な限りでいいから飛行艇母艦も攻撃するよう命じたはずだが……」

　スプルーアンスであっても、下した命令がすべて実行されるかどうかはわからない。それでもなお、命令不実行ぶんを想定した結果予測を立てている。

　それをいま、現実と見比べている最中らしい。

「一隻を撃沈した模様ですが、子細はわかりません。途中から小型飛行艇が魚雷を捨てて反撃に出たため、F4F多数が撃墜されているようです。そのためドーントレス隊の急降下爆撃が頻繁に阻止され、思うように狙えなくなったそうです」

「そう来たか。敵の指揮官が貪欲なら、もしかすると飛行艇部隊を第二次攻撃に使うと思っていたのだが……どうやら敵にも頭のまわる者がいるようだ。

　とはいっても、南太平洋で相手をした者とは違うようだな。あの者が敵艦隊にいれば、そもそもこちらの航空隊の航続範囲に入るような愚行はやらないはずだ。

　慎重に観察していれば、先日の海戦時の彼我の距離を考察することで、あの者ならF4Fの航続延長を見抜いていたはずだ」

「ずいぶん、その者とやらを買っておられるようですね」

　サッチの声には批判的な色が滲んでいた。

自分が知らない相手を、ここまで全面的にスプルーアンスが賛美するのは、あまりよい気分ではない。

「貴官も対峙してみればわかる。だが、おそらくその機会はない。あの者は連合艦隊と共にいるから、今回はハルゼー長官が相手だ。むろん私としても長官に秘策を授けているが、それを活用するかどうかは長官の判断にかかっている」

いかにスプルーアンスであっても、そばにいて手取り足取りでもしない限り、あの暴れん坊のハルゼーを制御することはできない。

だから策を授けただけで、あとはハルゼーに任せている。

「ハルゼー長官の知恵袋は、今回からカーニー参謀長が担当しているのですよね？　カーニー大佐は慎重な御方です。ハルゼー長官とは正反対の性格だと存じあげていますので、大佐の意見が通るなら、あるいは閣下の秘策も採用されるかもしれませんね」

お世辞ではなく、サッチは本心からそう思っているらしい。

同じ参謀長ながら、サッチは中佐、カーニーは大佐なのも、サッチの言動に影響を与えているようだ。

「閣下はよせ。ハルゼー長官も私も、同じ部隊長官だからまぎらわしいのは理解できるが、その呼びかたは嫌いだ」

スプルーアンスが好き嫌いで判断するのを見るのは、これが初めてだ。よほど閣下と呼ばれるのが苦手らしい。

なにしろスプルーアンスにとって『閣下』は、ハルゼー以外には存在しないからだ。

「これは失礼しました。今後は面倒でも、ご両名とも、名前付きの長官名で呼ばせて頂きます」

「コレヒドールの生存者を収容完了しました」

二人の話に割って入ったのは艦隊艦務参謀だ。

スプルーアンスの受けた被害は、護衛空母コレヒドール喪失のみ。それでも不満なのがスプルーアンスらしい。

「ただちに撤収する。ミッドウェイ沖で補給を受ける。まだ我々の作戦は終わっていない」

ミッドウェイ島のすぐそばには、上陸部隊を乗せた輸送部隊を擬装した補給艦隊が控えている。

すでにマーシャル諸島のウトリクには、別動の上陸部隊を送りこんだ。あれと同じ規模の部隊を可能ならば、ウェーク島へも上陸させる。

この海域で二箇所も米軍に拠点を奪取されれば、日本軍も奪還作戦を実施しなければ、今度はマリアナ海域が危うくなる。そうなると、南太平洋を攻めるなど論外……。

この状況を作るため、いまスプルーアンスが中部太平洋にいるのだ。

ミッドウェイの補給艦隊には、実際に一個大隊の海兵隊を乗せているが、その他はスプルーアンス部隊を当面のあいだ可動させるための補給物資となっている。

だから『輸送部隊』ではなく『補給部隊』なのだ。

「承知しました。全艦に伝達、ただちに艦隊全速で撤収せよ。すぐに送れ！」

ここまでは、すべて想定内……。

それをサッチは、いま噛み締めている。

やはりスプルーアンスは凄い。たとえ被害が出ても、それすら予定調和的に作戦に組み入れられている。

事実、サッチの知る作戦では、明日からの予定は空母三隻でこなせるものとなっていた。

戦いの時期は、まもなく終わる。それまでに自分は可能な限り、この米海軍の至宝とも言うべき存在から学ばなければならない。

そして戦後、新たなドイツとの戦いに備え、仲間たちへ伝えねばならない。

それがサッチたち『遅れて来た指揮官』たちの役目だった。

2

九月一日　南太平洋

「これより南太平洋へむかう」

山本五十六の命令が下された。

二五日に行なわれた日米の軽空母部隊による航空戦は、草鹿部隊の敗北と判定された。

米空母部隊は三隻が健全なまま、いまもミッドウェイ付近にいると思われる。もしかすると、さらに軽空母一隻を追加し、引き続き中部太平洋で活動するかもしれない。

しかし、敵空母部隊の動きをじっと観察していた黒島亀人は、一昼夜におよぶ瞑想の果てに、ようやく敵の本命は南太平洋にありと確信するに至った。

中部太平洋にいるのは、間違いなく連合艦隊と戦った、あの指揮官だ。

その後、米側通信を傍受していたところ、米太平洋艦隊司令部からミッドウェイ基地に対し、『スプルーアンス部隊が活動を再開する』旨の平文通信が送られた。

任務部隊の動きを暗号化しないで伝えるのは、どう考えても日本側に知らせたい意図がある場合だ。それを平然と行なったところが、かえって黒島亀人の癇にさわったのである。

同時に『あの指揮官』の名がようやく判明した。

その名はハルゼー中将と同様に、日本にも広く知られていた。

なにしろミッドウェイ海戦で、南雲機動部隊を半死半生にした張本人なのだ。そのスプルーアンスを囮《おとり》に使うとなれば、もうあとの謎は解けたも同然……。

ついにハルゼー閣下のお出ましである。

そして、ブル・ハルゼーが出るということは、合衆国海軍の反攻作戦が一気に本格化することを意味している。

ここで疑問が浮かぶ。

日本同様、合衆国も、日米休戦にむけて動くはずではないかということだ。

その通り、合衆国は日本と休戦するための土台作りのために作戦を始めた。ただ、それをクソ真面目に『休戦用の作戦』と公言するアホはいない。あくまで一大反攻作戦の開始であり、これから合衆国軍と連合軍は、日本をコテンパンにやっつける……。

そう本気で思わせることが肝心なのだ。

日本国民と軍部が、合衆国の本気を見て震え上がってこそ、休戦の場へ姿を現わす。

むろん、これは合衆国と日本を入れ換えても、まったく同じことが言える。

日本は休戦から講和に至る過程において、連合国との国境線確定という最重要項目を妥結しなければならない。もし、日本に不利な条件で講和などしたら、今度は日本国内がもたない。下手をすれば帝国陸軍による軍事クーデターが勃発する恐れすらある。

それを未然に防ぐための最低限の褒美、それが日本有利での講和なのである。

ただし、誰がどう見ても日本にだけ有利な条件では、合衆国が受け入れるはずがない。

そこで日本側は、合衆国と日本の双方にとって共通の利益となる条件を、いま懸命になって模索している。

これもまた、合衆国も想定していることだから、互いに叩き台を突きあわせれば、案外、似たり寄ったりのプランになるかもしれない。

これらすべての土台となるのが『日米ともに太平洋において、半年以上の戦闘停止が必要になるほどの甚大な被害が発生すること』なのだ。

日米海軍が半死半生になるような大被害、これは痛み分けを意味するものではない。今後半年間に両陣営が用意できる戦力が、ほぼ対等なまでに激減することだ。

当然、合衆国海軍のほうが、より大きい被害を受けることになる。同程度の被害では、半年を待たずして、合衆国海軍だけが復活してしまうからだ。

むろん、そのうちの何割かは、休戦交渉の行方によってはヨーロッパ戦線への直接参戦が前倒しになり、そちらへ配備されることになるだろう。

それらも加味しての、太平洋方面における日米対等被害なのである。

「これより撃一号作戦を開始する」

山本の命令を受け、宇垣纏参謀長が作戦実施を宣言する。

そして、この場に黒島亀人の姿はない。いまも自室に籠もり、香をたいて瞑想中だ。

黒島は前回の作戦であまりにも目立ちすぎ、国内に多くの敵を作ってしまった。それらのメンツにこだわる勢力は、ここぞとばかりにGF参謀部の総意による作戦遂行を推した。

こうなると、山本五十六にできることは限られたものとなる。

黒島の意見を自分が汲み取り、それを宇垣を中心とするGF参謀部へ、長官権限を使って反映することだ。

　黒島は可能な限り表に出さない。結果的に間接的な影響力しか行使できないことになるが、ここで黒島と山本が無茶をすると、せっかく海軍内部で講和派が主力になってきた状況が壊れてしまう。

　あちらを立てれば、こちらが立たない。しかし、なんとしても両立しなければ、合衆国との休戦協定の内容に不利な影響が出てくる。

　可能な限り日本に有利な休戦、それはのちに結ばれる講和条約の内容にも直結するだけに、戦後一〇〇年の大計を立てる気概で接しなければならない。

　黒島が山本の影となり、宇垣を中心とするGF参謀部と連合艦隊の全力で戦い、なんとか講和条件を満たすことができる……これが、黒島が瞑想の果てに達した結論だった。

　連合艦隊の行き先は、まずトラック環礁となっている。

　さすがに、まっしぐらにラバウル方面をめざすと、スプルーアンスに裏をかかれる。とりあえず居場所をトラックへ移し、中部太平洋と南太平洋の両方へ睨《にら》みをきかせることになる。

　ただし、南太平洋に少しでも異常を感じたら、すかさず小沢率いる第一機動部隊と三川軍一中将の支援隊が動く手筈になっている。この構図は、先の第一次南太平洋海戦で連合艦隊がとった布陣とほぼ同じだ。

　ただ各艦隊の内容と指揮官が、かなり入れ代わっている。

　その中でも特筆に値するのが、佐久間泰造少将率いる第二〇航空支援艦隊だ。第一／第二航空支援隊で構成されるそれは、飛行艇母艦八隻・新襲天四〇機／零式対潜水上機一六機(制式名称は『愛知零式二座対潜水上機』)を有する大規模な飛行艇／水上機部隊となっている。

ついに海軍が護衛総隊の活躍を公式に認めた。その結果が、第二〇航空支援艦隊の連合艦隊参入なのだ。

海軍専用部隊のために、日本郵船の神洋丸／山陽丸を飛行艇母艦へ改装し、これまでにない大型母艦を中核艦としている。両艦は七〇〇〇トン前後もあり、旧型駆逐艦を改装した他の飛行艇母艦よりずっと大型だ。

本来なら小型軽空母に改装されるべき艦なのだが、軽空母より飛行艇母艦のほうが戦果が望めると結論されての改装となった。

とはいっても、全通飛行甲板を設置するまでは空母と同じだ。甲板前部に火薬式カタパルトを装着しているため、そのままでは艦上機を運用できないが、いざとなれば、二〇日程度の工期で軽空母へ変身できる身軽さもある（着艦ワイヤー用の巻きあげ装置は甲板下に設置済み）。

飛行甲板の下に格納庫を持たず、たんなる倉庫のみを設置することで、大幅な工期の短縮が可能になった（この仕様のため軽空母として運用する場合、搭載機は最大でも一四機に限定される）。

また、従来の襲天を搭載するほかに、飛行甲板の四箇所に張り出し甲板を設置し、そこに一艦あたりで四機の零式対潜水上機を搭載できるようにした。

零式対潜水上機は、張り出し甲板に設置されているクレーンで海面へ下ろされる。カタパルトを使うのは緊急時のみだ。回収は後部傾斜路を用いてもできるが、クレーンでも可能になっている。

これは零式対潜水上機が、水上機のくせに優秀な空中戦闘を可能とする機であることが評価されたためだ。相手がＦ４Ｆであれば、両翼の一二・七ミリ二挺と機首の七・七ミリ二挺で撃ち勝つ場面もあるという。

むろん、米軍の重戦闘機には太刀打ちできないが、Ｆ６Ｆですら四機一組になれば、こちらも甚大な被害を受けるものの、一機くらいは落とせるとなっている。

つまり、広域護衛隊が切実に望んでいた『自前の直掩任務をこなせる機体』が、皮肉にも海軍部隊の飛行艇母艦として実戦配備されたのである。

「草鹿のやつ、腹を切りかねない勢いだったな」

そばに黒島がいないため、山本は宇垣纏と話している。

連合艦隊の総旗艦は武蔵のままだ。

大和も最新改装が終わり戦列に復帰しているが、いまとなっては使いなれた武蔵のほうがいいらしい。

武蔵／大和の巨艦を筆頭に、かつての旗艦だった長門が続く。そして主力部隊の足を引っぱらないよう、高速戦艦の金剛／霧島が戦列に加わった。

これにより連合艦隊主隊の艦隊最大速度は二四ノットが可能となり、以前のような出遅れを演じるようなこともなくなった。

主隊の前方を警戒するのは、栗田健男中将率いる警戒隊——戦艦比叡／榛名、重巡愛宕／高雄／摩耶、軽巡由良を有する打撃部隊だ。

栗田は用心深い男で、ともすれば覇気に劣ると低い評価を受けることもある。しかし、今回のように用心することが主任務の警戒隊であれば、前任の近藤信竹中将にひけを取らない働きをしてくれると期待されている。

そして、完全に復活した空母機動部隊がいる。

小沢の第一機動部隊は、すべて正規空母で固められた。すなわち、大鳳／雲龍／天城／翔鶴／瑞鶴の五隻だ。

さすがに米海軍の大型空母エセックス級と比べ

ると見劣りするが、それでもエセックス級の三隻半の搭載能力（三五〇機以上）を有している。

これに加え角田覚治少将の第二機動部隊には、中速軽空母が五隻（隼鷹／瑞鳳／龍鳳／千代田／千歳）いる。

このうち隼鷹だけは正規空母扱いのため、搭載する艦上機も正規空母用の紫電改／彗星／流星となっている。

そしてダメ押しのように、有馬正文少将の第一航空艦隊もいる。

所詮は低速軽空母といえばおしまいだが、空母機動戦を挑まず後方からの支援に徹すれば、海燕／白燕／海鷹／神鷹の持つ一〇〇機以上の艦上機は充分に戦える。

これだけの空母戦力を用意した上で、さらに第二〇航空支援艦隊まで用意したのだ。

むろん、いざ本番ともなれば、カビエン／ラバウル／ガダルカナルの護衛隊も駆り出される。

これはもう、草鹿部隊を除いた、日本海軍の総力戦のようなものだ。

草鹿部隊は先ほど山本が言ったように、残存部隊のみで引き続き中部太平洋の防衛を務めることになった。

これは敗北と断定され、激怒した草鹿自身が、山本五十六へ作戦継続の嘆願を送ってきた結果、そこまで言うならと任せた経緯があった。

ただし山本としても、いまさら草鹿に与えられる空母はない。

敵空母が三隻残っている現状で、低速軽空母一隻のみになった草鹿部隊では厳しすぎる。それはわかりきったことのため、山本は、ウェーク島とビキニ島への航空増援を確約した。

これが大作戦を前にしての、可能な限りの支援だった。

＊

九月一日、夕刻。

ハルゼー率いる第22任務部隊は、なんとサモアの南西一〇〇〇キロにいる。ここはトンガ諸島の南西に位置する海域で、フィジーまでは六三〇キロしかない。

また、ニューカレドニアから見ると、まっすぐフィジーへ急行する場合、最短距離となる一三六〇キロを踏破するルートを狙える位置にあたり、もし本当に日本の空母部隊が現われたら、有効なアウトレンジ戦を挑める位置関係にある。

「待つのは性にあわん」

ハルゼーは軽巡クリーブランドからラーレイへ旗艦を移し、無理矢理、長官席を設置して座っている。

どのみち第22任務部隊は、ハルゼー直率部隊となる第6任務部隊がハワイから到着するまでの仮住まいにすぎないため、ハルゼー自身もそれほど気にしていないようだ。

「トンガ南西へ移動するとおっしゃられた時は、本格的にフィジー攻略戦を実施なされるものと思っていました。しかし真意は、ニューカレドニアにいる日本の軽空母部隊を誘いだして叩くためとは、さすがに思いが至りませんでした」

口ではそう言っているが、カーニー参謀長の微笑みを浮かべた顔には、これっぽっちも恐縮している様子がない。

「うーん……俺は温厚な参謀長を求めたはずだが、ずる賢いコヨーテを召喚した覚えはないのだがな」

「いや、私はいたって控えめですよ。参謀部に対しても意見を強要することはありませんし、長官の意志を無視して参謀部を走らせることもしません。ただ、長官の積極果敢な判断力により参謀部が振り回されそうになれば、その時はきちんと調整役を演じます」

「それがコヨーテというんだ。実力があるのに、日頃は隠しているって自白しているようなもんだからな」

荒野で出会うコヨーテは、貧弱なイヌ科の動物と思われている。

基本的には単独行動をとるが、時には小集団となって狩りをする狼の親戚としての性質も持っている。残飯漁りと蔑視される生き物だが、実際は、幌馬車に乗る人間を全滅させることもある凶悪な猛獣なのだ。

その特徴は、強い敵は徹底的に避け、弱い敵も弱点だけを狙って疲弊させる点にある。そこが姑息だと蔑《さげす》まされるが、弱いとは言えないのだ。

「誉め言葉と受けとることにします。そういえば、そろそろですね」

日本の空母部隊が最短距離でやってくると仮定した場合、インターセプト地点に設定した海域(西方八六〇キロ地点)に、そろそろさしかかるはずだ。

日本側の索敵は、フィジーが攻撃を受けたせいで、完全にサモアとフィジー周辺に片寄っている。

ずっと南西に位置するトンガ諸島は、これまで戦場になったことがない。フィジーさえ確保すれば、トンガの戦略的な意味合いは限りなく薄くなるためだ。

そこが盲点だと看破したハルゼーは、さすがというしかない。

「索敵担当がカタリナ四機だけでは、少々頼りないのではないか」

本来なら、ハルゼー部隊からも水上索敵機や艦上機を出すべき状況だが、水上機は八六〇キロ彼方へかろうじて届く程度で、点による索敵しかできない。

航続を伸ばした艦上機なら余裕で索敵できるが、ただでさえ少ない戦力をこれ以上減らしたくないハルゼーとしては、最初から考慮の外だった。

「発見できなければ、本日夕刻の航空攻撃は中止になるだけです。我々は一時的にトンガ東方へ下がり、明日の朝の敵発見に賭けることになります」

「まあ、これぱっかりはしかたないな。スプルーアンスのやつなら、相手の動きを予想して動くかもしれんが、俺は、そんなまどろっこしいことは嫌いだ。敵を先に発見して全力でぶっ叩く。叩いたら、さっさと退散する。それだけだ」

言えば簡単だが、並みいる指揮官たちが、それを望んだあげく、どれだけ口惜し涙を流したことだろう。

しかしハルゼーは、それを可能とする男なのだ。

午後四時二分。

「サモア所属のカタリナ二号機が、本艦の西北西八九二キロ地点に、敵空母部隊を発見したとの第一報が入りました！」

通信室が傍受した航空電信を伝令が伝えてきた。

「少し遠いな。一刻も早くフィジーの基地航空戦力の支援を受けたかったのか？　ずいぶん臆病な指揮官もいたもんだ」

西北西八九二キロ地点といえば、フィジーの西二五〇キロあたりに相当する。

第一一空母艦隊を指揮する有馬正文少将は、最短距離を横断するのではなく、もっとも早くフィジー航空隊の支援下に入るほうを選択したようだ。

それを臆病と断言したハルゼーも酷いが、実際の有馬は、敵を倒すためなら自殺特攻すら自ら行ないかねない激しい気概の持ち主だ。

しかし、今回に関しては『連合艦隊が到着するまで可能な限り敵を引きつけておくこと』という厳命が下り、ならば徹底してそれを行なおうと腹をくくった結果である。

「では、撤収しますか」

「馬鹿言うな。日没まで二時間ほどある。二時間あれば、こんなポンコツ護衛空母部隊でも、三三キロを踏破できる。全速ならな。二時間のあいだに敵部隊も三〇キロ弱接近するだろう。となれば、簡単な引き算だ。八九二キロから六三キロを引くといくつだ?」

カーニーは即答した。

「八二九キロです。ただし本当に二時間後、航空攻撃を仕掛けるとなると、攻撃隊の帰還は完全に日没後となります。薄暮どころの騒ぎではありません。完全な夜です。それでも実行なさいますか?」

「ああ、当然だ」

「承知しました。全艦に至急通達。本部隊はこれより西北西方向へ二時間の艦隊突撃を実施する。二時間後、ただちに航空部隊は出撃。敵艦隊上空へ到達するのは日没後となる。

もし敵艦隊を発見できなかった場合、無理をせずに帰投せよ。各母艦は夜間着艦の準備をして待機させるから、飛行甲板に並んだランタンの灯火を指標に着艦するよう厳命する。

ええと……長官、出撃は全力ですよね?」

「あたり前だ」

「了解しました。飛行隊は全機出撃させる。直掩として残るのは二〇機のみだ。艦隊は、ただちに一八ノットの最大速度で移動を開始せよ。以上、ただちに伝えて行動せよ」

たしかにカーニーは、ハルゼーを無視しなかった。参謀長命令を下している時ですら、ハルゼーの積極攻勢が始まった。まるでスプルーアンスとは正反対だ。

合衆国海軍の作戦名『カプト・メデュサエ』、いよいよ発動である。

磨きこまれた盾に映るメデューサを見ながら、ペルセウスは果敢に戦った。メデューサを直接見れば石にされる。それを回避するためのペルセウス渾身の秘策だった。

それを暗示する作戦名は、むろんスプルーアンスが名づけた。

作戦内容もハルゼーとの合作だ。

つねに盾にはメデューサが映っている。だが、本体は別のところにいる。

ペルセウスがふるう剣が向かう先は、別のところにいる本体……。

鏡に映ったメデューサは、中部太平洋のスプルーアンス艦隊。

本体はハルゼー部隊。しかし主役であるペルセウスが、敵である連合艦隊であるわけがない。

一歩間違えば石化される恐怖、それを打破してメデューサを討ち取る。まさに生死が紙一重で存在する、いちかバチかの大勝負、そこに作戦名の骨子があった。

3

九月一日夕刻　南太平洋

「くそっ！　よく見えねえ!!」

第22任務部隊の航空攻撃隊は予定を五分ほど遅れた程度で、無事に日本の空母部隊を発見できた。

本来なら、この暗さだ。そう簡単には見つけられない。

発見の功労者は危険を承知の上で、ずっと敵空母艦隊から離れなかったカタリナ二号機である。彼らが無線で方向を示し、最終的には教導した。

だが、そこからがいけない。

すでに日没から三〇分が経過している。西の水平線がかすかに明るいだけで、あとは完全に夜だ。ドーントレスの落下増槽を二個とも破棄したヘンリー・オッドマン軍曹は、急降下するタイミングをつかめずイラついていた。

「左上空に零戦《ジーク》！」

後部座席にいるベック一等兵が、なんとか視認できた敵機の報告をする。

「回避する」

まだ爆撃態勢に入っていなかったため、回避は容易だ。五メートル以上も離れた空間を、零戦の放った曳光弾が突き抜けていく。

「機長、時間がないです」

ベックが余裕のない声を出した。

夜間の帰路は、なにが起こるかわからない。

すでに増槽を捨てた現在、なるべく余裕を確保したいのだろう。

「わかった。なんとかやってみる」

とはいっても、高度一五〇〇からでは、肝心の敵空母が見えない。

かすかに白い航跡だけが漆黒の海面に延びているため、そこに艦がいることだけはわかる状況だった。

ヘンリーは意を決すると、緩降下で高度を落とすことにした。敵空母が見える高度までともかく降りて、そこから急降下に切りかえるつもりだ。

高度一〇〇〇。

まだ見えない。

高度八〇〇。

「行くぞ！」

四角い何かが見えた！

四角に見えるのは空母しかない。

一瞬の視認のため勘違いの可能性もあるが、へンリーは賭けることにした。

高度八〇〇からの急降下爆撃。それはあり得ない攻撃方法だ。

通常は高度七〇〇あたりで爆弾を投擲する。しかし、たった一〇〇メートルの急降下では、狙いすらつけられない。

「うおおおぉーっ！」

高度七〇〇。

ヘンリーは突っ込み続ける。

高度六〇〇。

「まだまだ！」

高度五〇〇。

さすがに、攻撃目標が空母であることがはっきりわかる。

ただ……突入角度が悪い。

ヘンリーは敵空母の左舷後方から突入し、投擲《とうてき》のタイミングでは艦の中央を狙える位置にいけると判断していた。

だが、全体的に左へずれている。

しかし、修正は無理だ。

「ていッ！」

運を天に任せ、爆弾投擲レバーを引く。

ガクンと衝撃が来て、機体が軽くなる。

だが、海面はもうすぐそこだ。

高度二〇〇。立て直せるだろうか……。

ヘンリーの脳裏に、ふと不安がよぎる。

幸いにも敵艦隊からの対空射撃は少ない。

「くそーっ。いっけーッ！」

渾身の力を込めて、操縦桿が折れるほど手前に引く。

高度八〇。機体が反応しはじめる。

これが以前のドーントレスなら、馬力不足のため絶対に立て直せなかった。

だが機体は正直だ。パワーアップしたぶん、確実に馬力が機体を持ちあげている。

「いける！」

ひときわ高い排気音とともにヘンリーのドーントレスは、高度一〇メートルというアクロバット飛行なみの高度で水平飛行へ移行した。

＊

ドガガッ！

凄まじい音と衝撃が、軽空母海鷹の艦首飛行甲板下にある艦橋を揺さぶった。

「被害確認！」

有馬正文少将が率いる第一一航空艦隊。

中核艦のひとつである海鷹を預かる小西成三大佐は、直撃を受けてしまった無念さを滲ませないよう、あえて大声で命令を発した。

小西は、もともと陸上航空隊の司令だったが、低速軽空母が立て続けに配備されることになり、急遽、空母の艦長へ抜擢された。

自分としては艦長をやれると確信していたが、どうしても歴戦の空母使いと同格には見られない。

一人前と見られるためには、是非とも戦果がほしい。なのに最初の一発を食らってしまった……。

まさに無念の一言である。

「飛行甲板前方、左舷に直撃です！　飛行甲板がめくれあがっていますが、大部分が張り出し部分のため、格納庫や昇降機への影響は軽微だそうです!!」

上の様子を見てきた甲板長の報告に対し、小西はさらなる質問をした。

「離艦および着艦への影響は？」

いまの時点では、これがもっとも重要だ。

「応急処置は必要ですが、明日朝までには離着ともに可能にします！」

この部分は甲板長の専任事項のため、憶測ではなく断言した。

「わかった」

夕刻の航空攻撃は、敵部隊を発見できずに未遂に終わった。

そこで有馬は各空母に対し、明日朝の集中索敵と航空攻撃を完遂できるよう厳命している。有馬艦隊は日没後、それらの作業を始めたばかりだった。

そこに、まさかの敵襲だから、かなり混乱したことは確かだ。最初は直掩機すら上げていなかった。

しかし、敵襲の前にカタリナ飛行艇が付近をうろついていたため、四機の零戦を上げて牽制していた。それが初動の直掩機に早変わりしたわけだ。

四機が懸命に戦っているあいだに、さらに八機を上げることができた。敵攻撃隊も、あまりの暗さに戸惑ったことが幸いしたらしい。

「敵攻撃隊、攻撃を終了した模様！」

開始からわずか一二分。

これ以上は被害が増えるばかりで、戦果があがらないと判断したのだろう。

そもそもが無茶すぎる攻撃だったのだ。

一発を空母に命中させたのだから大成功……。

敵の司令官が誰かは知らないが、なんとも無茶をする相手だと小西は思った。

「対空警戒と回避運動を維持したまま、しばらく様子を見る」

帰ったと思わせて、再度襲ってこないとも限らない。その可能性は非常に低いが、慎重な小西は警戒を緩めなかった。

一方、こちらは第一一航空艦隊の旗艦、軽巡龍田。灯火管制を実施した艦橋内は、かすかに顔が見える程度しか明るくない。

しかも赤い警戒灯のため、皆が皆、赤鬼のように見える。

「海鷹が左舷飛行甲板の端に二五〇キロ爆弾を受け、甲板がめくれあがる被害を受けたそうです。しかし、応急処置さえすれば離着ともに可能とのことです」

航空参謀が、たったいま入った発光信号による連絡を報告した。

「明日の朝の航空攻撃予定はそのまま実施する。このままではすまさない」

有馬にしては大胆な発言だが、それだけ腹を立てている証拠だ。

「敵はなぜ、これほどの無茶をしたのでしょう」

報告を終えた航空参謀が、心底から不思議がっている。

「襲ってきたのは、あい変わらずF4Fとドーントレスだったらしい。これが新型艦上機なら、もしかすると夜間攻撃能力を与えられている可能性も排除できんが、すでに二線級の艦上機では、その可能性はないだろう。

なのに……敵空母部隊は、攻撃と着艦が夜になるにもかかわらず、闇雲に攻めてきた。それが、最初から一撃離脱する策なのか、明日の朝に第二撃を想定してのものかはわからない。

だが我々には、フィジーの陸上航空隊という力強い味方がいる。数こそ少ないが、フィジー各島を合わせると八機の陸上襲天隊もいる。ただし、すべて襲天一一型と、もっとも古い使いまわし機だがな。

敵の指揮官は、我々がフィジー基地部隊と共闘するのを嫌がったのかもしれない。だから無理をして、支援を受けられないぎりぎりの距離と時刻を選んで攻撃してきた。

ということは、一隻に被害を受けたものの、なんとか今日をやりすごせた我々が、明日の朝はがぜん有利になるということだ」

「では、すぐにフィジーの基地司令部へ、明日の朝の全面航空支援を念押ししておきますか」

「いや……まだダメだ。あまりにも早い反応は、敵艦隊に予測する猶予を与えてしまう。敵はまだこちらの被害を詳しく知らない。一発を命中させたことだけはわかっているはずだから、空母比で有利になったと判断するかもしれない。

そこを我々はつけ込む。フィジーへ打電するのは、明日未明の午前三時に実施してくれ。そして夜明け前の索敵機発進、発見即出撃だ。

今回、敵部隊の所在はわかっていない。ということは、味方が索敵していない海域にいることになる。飛行艇を多数動員して、そこを徹底的に調べあげるよう要請してくれ。

さらには、索敵に使用した陸上襲天隊は、そのまま、こちらの航空攻撃隊に合わせて雷撃を決行するよう、強く要請……いや、嘆願でも恫喝でもいい、なんとしてもウンと言わせろ。

夜明け前後に発見できれば、我々が勝てる可能性は級数的に高くなる。陸上攻撃隊だけでなく、襲天隊まで参加してくれれば、ますます高くなる。我々は総合力で勝つ！」

フィジーの航空隊を駆使できれば、被害を受けた汚名など、すぐに返上できる。

有馬の目に、戦いに挑む武将の炎が宿りはじめた。

4

九月二日朝　南太平洋

午前四時三〇分。

「なんだと……!?」

フィジーのナディ水上機基地に所属する陸上襲天隊。そのうちの三番機と四番機がペアとなり、フィジー南東方向の広域索敵に出た。

そして午前七時一七分、敵空母部隊を発見したとの報告をしてきた。

発見の報を傍受していた第一一航空艦隊は、ただちに電信内容を有馬に報告。

電文内容を読み終えた有馬正文少将の第一声だった。

「これは……間違いではないか」

有馬は届けられた電文用紙を参謀長に見せた。

敵空母部隊はフィジー南東一一八七キロ地点、トンガ諸島の向こう側にいた。昨夕に攻撃を終え、航空隊を収容したのち遁走したらしいが、その位置が異常だ。

すぐさま参謀長が返答する。

「敵が航空隊を収容した時刻は、昨日の午後九時前後と思われます。そして、発見時刻は本日の午前七時ですから、おおよそ一〇時間、敵空母部隊は移動できたことになります。

敵空母は、これまでの観測で二〇ノット以上出せないと判明していますので、艦隊最大速度を一八ノットと想定すると、おおよそ三三〇キロの移動が可能と計算できます。

昨夜の攻撃が、F4Fの最大攻撃半径である六〇〇キロで行なわれたと想定すると、発見時の位置は最大で九三〇キロ遠方となります……たしかに妙ですね」

こういった暗算は、頭のいい参謀には得意な分野だ。

しかし、有馬も瞬時に異常に気づいたのだから、細かい計算はしなくとも、直感的に距離の計算がおかしいことに気づいている。

この直感力が、時として指揮官の能力を左右するのだから、この二人の組みあわせは成功といるだろう。

「一一八七キロと九三〇キロでは、二五七キロも差がある。ええと……本来三三〇キロしか進めないのが現実には五八七キロも進んだのだから……」

「およそ三二ノット弱です」

正確には、三二ノットで一〇時間航行すると五九二キロとなる。

「ん、すまん。となれば敵艦隊は、三二ノットで遁走したことになる。これまでに現認された敵の軽空母で、この速度を出した艦はいないはずだが……」

この時期の米高速軽空母は、すでにインデペンデンス級が配備されている。

インデペンデンス級の最高速度は三一ノットだから、存在していることは確かだ。実際、いまハワイから急行しつつある第6任務部隊には、出来たてほやほやの三隻が配備されている。

だが、まだ日本側には知られていないため、有馬の発言が間違っているわけではない。

「となれば、結論はひとつです。敵の艦上機の航続距離が飛躍的に増大したのでしょう」

「増槽か」

米軍艦上機は特別の場合を除き、通常は落下増槽を使用しない。偵察に出る艦爆は使用することもあるが、少なくともF4Fが使うのは珍しい。

対する日本は、零戦が落下増槽を胴体下にぶらさげて飛ぶ姿はもっともポピュラーな光景だ。

「はい。ただ、零戦のように胴体下に取りつける場合だと、別途に取り付けフックが必要になります。しかし、両翼下でしたら爆弾架がありますので、そこに取りつければ、あとはパイプ処理だけで使用が可能になります」

「二個の落下増槽で、二五七キロよけいに飛べるだろうか」

「半端な数値ではなく、おそらく二八〇キロから三〇〇キロの延長を想定していると思います。となると、一個あたり一四〇キロメートルから一五〇キロメートルですので、ガソリン六〇リットルから七〇リットル、重量にして四二キログラムから四九キログラムになります。

これなら翼負荷も小型爆弾搭載時と変わりませんので、まったく改良せずに搭載できます」

「誰か知らんが、ここに及び良案を思いついたといったところか。気づかなければ危なかった……」

有馬は偶然に気づいた敵の策略を、天啓ではないかと思った。

これから始まる日米決戦を前に、この情報の重みは計り知れない。

「すぐに艦載水上機を出して、フィジーの基地司令部へ伝達を頼む。最重要機密事項だと念を押して、間違いなく連合艦隊以下の作戦従事部隊すべてに伝えるのだ」

距離が一一八七キロだと、これから航空攻撃隊を出しても、まったく届かない。

正規空母に搭載されている紫電改／彗星／流星なら届く距離だが、有馬の手には零戦三二型と新型の軽艦上機——駿星艦爆／雷天艦攻しかなかった。しかも先日、機種を更新したばかりのため、まだ習熟しているとは言えない。

このうち零戦三二型は届くが、駿星と雷天の最大航続が一二〇〇キロのため、片道六〇〇キロしか飛べないのだ。

機体をぎりぎりまで小型化して低速軽空母でも運用可能にしたものの、そのぶん航続距離が犠牲になったのである。

「ただちに」

事の重大さを承知しているらしい参謀長が、自ら通信室へ向かおうとしている。

どのみち今朝の航空攻撃は中止と決まったから、その判断は間違っていない。

「航空参謀！　攻撃中止だ。ただちにフィジー航空隊に連絡し、艦隊上空の直掩増強を要請してくれ。同時に最大規模の直掩機を日中一杯上げ続ける。敵は今日中に、かならず第二次攻撃を仕掛けてくるぞ」

昨夜の攻撃は不充分なものだった。

だから敵は、圧倒的なアウトレンジ性能を生かし、日中だろうが仕掛けてくる。それから身を守るには、陸上航空隊の支援を加えた全力防衛しかない。

「長官、それですと、陸上航空基地が攻撃された場合の上空防衛がおろそかになりますが……」

命令を復唱する前に航空参謀が確認を求めた。

「かまわん。連合艦隊が来るまで、あとわずかだ。その間、この地に味方空母がいない状況を作ってはならない。

そうだ！　いっそのこと、ラバウルやカビエンの襲天護衛隊にも出撃を要請しよう。山本長官からも、必要があれば前倒しで出撃要請を出していいと言われているからな」

有馬は妙案と思ったようだが、突然駆り出される護衛隊は、たまったものではない。

だいいち、どんなに急いでも各襲天隊が支援に駆けつけられるのは、明日の夕刻からだ（広域護衛隊が出撃して、襲天の最大航続半径内で出撃した場合）。

だが、この要請がなければ、おそらく有馬部隊は壊滅していただろう。

それが後日、連合艦隊司令部が下した結論だった。

＊

同日、午後二時。

「えーっ！」

今朝から配置変更のための作業をしていた菊地と三国は、いきなり下された出撃命令を聞いて驚きの声をあげた。

場所は、遠洋が接舷しているカビエン第一桟橋の上だ。

「俺もいま聞いたんだ。貴様らにはすまんが、今回はいきなり実戦になる。こんな状況で放りだすような結果になってすまんが、貴様らも今回から編隊指揮官になったんだから、俺の指示がなくても、しっかり任務を果たせ」

いかにもすまなさそうに、遠洋飛行分隊長の白羽金次大尉が頭を右手でかいている。

カビエン広域護衛隊では、近々実施される連合艦隊の作戦に備え、階級の統一と配置の簡素化のための作業を行なっていた。

菊地と三国も今回の措置で少尉への特進が決まり、これまで所属していた白羽直率の遠洋飛行分隊一番編隊から、末席の飛洋飛行分隊の第八編隊一五番機（第八編隊長機）へ移動する作業を行なっている最中だった。

菊地たちが抜けた後には、第二編隊四番機の前島泉太一等兵曹と加世田隆雄二等兵曹が入った。

第二編隊三番機の千々石満国准尉は、なんと二階級特進の中尉へ昇進し、新規配属となった天洋飛行艇母艦の飛行分隊長に抜擢され、高野雄二一等兵曹と共に移動している。

じつはサイパンからの帰路を急いだ理由のひとつに、天洋飛行艇母艦を連れて帰ることが含まれていた。さっさと戻って、連合艦隊が動く前に広域護衛隊の再編成を終わらせる算段だったのだ。

ちなみに、第二広域護衛隊となった大洋／紅洋／天洋の三隻は、『洋』がついているものの、厳密にいえば『遠洋型』母艦ではない。

遠洋型は、旧『樅《もみ》』型駆逐艦を改装した艦だ。しかし大洋以降の三艦は、旧『野風』型の野風／波風／沼風が退役したのにともない遠洋型に準拠した改装を施したもので、もとが野風型のため、樅型より三〇〇トンも大きい。

そこで第二広域護衛隊には、一母艦につき新襲天四機に加え、三機の零式対潜水上機が追加されている。これらの待機場所は、海軍所属の第二〇航空支援艦隊にいる神洋丸／山陽丸と同じく、新規に設置された張り出し甲板上となっている。

すなわち、大洋／紅洋／天洋の三艦には、従来型にはない三個の出っぱりが左舷に二個、右舷に一個ついているのである。

そして、天洋の第一四編隊長には蒼洋六番機長の結城保が、少尉昇進の上で着任している。前席には瀬堂幸三郎一等兵曹が座る。

その他、いろいろと齟齬を来さないようまんべんなく移動が命じられ、それでも空きが出る配置には、陸上襲天隊で優秀隊員だった者たちが着任した。

当然、陸上襲天隊の欠員には新規隊員が補充されている。

「配属母艦が変わって、編隊の部下は元陸上襲天隊員、それでいきなり実戦ですかぁ!?」

菊地の返答は、驚くというより無茶だと拒否しているように聞こえる。

「だから、無理は承知の上だってば。まさか連合艦隊がトラックに来るより早く出撃要請が来るなんて、誰も予想してなかったんだよ。

要請してきたのは第一一航空艦隊の有馬少将なんだが、敵の空母部隊にいるF4Fの航続距離が大幅に延長されているらしい。これは中部太平洋に出てきたF4Fと同じ報告だから、どうやら本当のようだ。

そこで我々に、一刻も早くフィジー近海へ移動して、敵のアウトレンジを封じる策を立てたいらしい。そういうことで、ともかく行かなきゃ話にならない状況なんだから、黙って命令にしたがってくれ。頼む！」

あの白羽が、頭の上で両手を合わせて頼み込んだ。自分でも無茶だとわかっている証拠だ。

理解のある上官にここまでされたら、これ以上、文句をたれるのも難しい。

「わかりましたよ。三国、貴様も了承でいいよな？」

「俺、最初から何も言ってないけど。もちろん、了承する」

「貴様ら、本当にすまん。なるべく飛洋飛行分隊には軽い任務をあてがうから、なんとか編隊の部下を指揮してくれ。

それじゃ俺は、他の母艦飛行隊の説得にいかんとならんから、これで失礼するぞ」

一秒でも惜しいとばかりに、白羽は背をむけると走り出した。

「三国、ずるいぞ」

「いや、本当に俺は最初から快諾するつもりだったぞ。だって、考えてみろ。二人とも少尉に特進させてもらって、本来ならもっとも末席の、第二護衛隊の天洋二五番機になるのが当然なのを、そのまま第一護衛隊に残してもらえたんだ。

これ以上の欲をかいたらバチが当たるぞ。今回の配置転換は俺たちだけじゃないんだ。各飛行分隊長は中尉、各編隊長は少尉に統一、その他の階級も職務に応じて統一。これにより護衛隊全体の命令伝達や責務範囲を明確にするためだから、白羽隊長も俺たちだけにかまけるわけにはいかないんだ」

今日の三国は、日頃より三段階ほど立派に見える。もしかして、菊地と同じ少尉に特進した成果なのだろうか。

「しかたないなあ。それじゃ荷物運びを兼ねて、さっさと飛洋に移動するぞ。たしか飛洋の二番桟橋接舷は夕刻までだから、急がないと置いてきぼりにされちゃうかも」

「それだと、第八編隊の一六番機に乗る二人と会うのは、飛洋に乗艦した後になるな。できるなら乗艦前に一言挨拶しておきたかったんだが……」

やはり三国は、部下になる一六番機長の鹿島幸助一等兵曹と、前席の伊藤大介二等兵曹のことを気にしている。


初めての部下だからそれも無理はないのだが、浮かれてもらっては困る。

「二人とも陸上襲天隊あがりだから、まだカタパルト発進と艦尾収容の訓練をしてないだろ？　飛洋の出撃予定の合間を都合してもらい、なんとか一度は訓練させとかないと、いざ本番で大恥かくぞ」

たしかに三国の言う通りだ。

いざ出撃命令が下されてから、飛べません、収容できませんでは言いわけできない。

「しょっぱなから大問題だな」

はあと、自然にため息が出る。

部下を持つということが、これほどストレスになるとは思ってもいなかった。

思えば気楽な部下の身分で、白羽に好き勝手を言えたのも、白羽が第一飛行隊長兼遠洋飛行分隊長兼第一編隊長という激務をこなしながら、しっかりと菊地たちを見守ってくれたからだ。
失ってからわかる親のありがたみではないが、それと似たものを菊地は感じていた。
かくして……。
大混乱の中、ふたたびカビエン広域護衛隊に戦いの日々が舞いもどってきたのである。

第4章　前哨戦

1

一九四三年九月　南太平洋

九月六日、午前一〇時。

「蒼洋飛行分隊一三番機の通信を傍受。敵空母部隊の発見に至らず。これより乙地点へ進路を変更し、引き続き索敵を行なう。以上です」

飛洋護衛分隊の旗艦となっている飛行艇母艦『飛洋』の艦橋。

前部飛行甲板が天井になっているせいで、艦橋は狭い上に高さもない。一日中、まったく日光は入らないいし、艦の前部にあるため縦揺れも激しい。まったく、勤務環境としては最悪の部類に入る場所だ。

そこを根城としているのが艦長の郷原大哲中佐だ。

いまも艦橋後方にあるドア（ハッチではない）の向こうにある艦内通路からやってきた通信室伝令から報告を受けている。

ちなみに、艦長室は通信室のとなりにあるため、艦橋まで一分以内で到着できる。通路の先は甲板下の倉庫へ繋がっているため、艦橋要員以外はほとんど人の往来はない。

「たしか一三番機の索敵線は、バヌアツ北方二一〇〇キロ地点が甲地点、そこから南南西六〇〇キロ飛んだニューカレドニア付近が乙地点だったな」

郷原艦長が、いきなり質問を発した。

聞いた相手は伝令ではない。となりにいる菊地だ。菊地と三国は飛洋に転属になってすぐ、郷原に呼び出された。しかも出撃中の慌ただしい時期にだ。

そこで言われたことが、

『貴様ら二人は当面のあいだ出撃せず、飛洋飛行分隊の教育訓練係に徹しろ。これまで遠洋飛行分隊が独り占めしていた襲天使いの秘策を、なんとしても敵空母への攻撃前に習得させたいのだ』

である。階級が少尉になったせいで、一応は士官扱いされている。

秋津司令が言った『これまでのようにはいかない』という言葉が、見事に的中した形だ。

「はい。本艦の現在位置がソロモン海のウッドラーク島東方一五〇キロですので、一三番機の飛行径路は、総距離で三五〇〇キロあまりとなります。新襲天型の雷装時最大航続は三六〇〇キロですので、ほぼ目一杯つかっての広域索敵といえます」

すらすらと答える菊地。

これでは、まるで航空参謀ではないか。

三国の姿がないのは、別の任務が与えられているからだ。いま三国は飛洋の飛行甲板に出て、飛洋を攻撃目標に見立てて雷撃態勢に入っている第七編隊の二機を見ている最中のはずだ。

訓練前の戦技検討会議で、ひと通りの戦法は教えてある。

以前の接水雷撃法なら、飛洋飛行分隊員は誰でも訓練なしで行なえる。だから今回教えているのは、まだ菊地と三国しか訓練していない『瞬間接水雷撃法』である。

「うむ……一三番機の索敵線は、もともと敵艦隊を発見できる可能性が低いものだったから、見つけられなくて当然だ。もし見つかったら、早急に対処しなければならない重大事だが、そうでなければひと安心といったところだな」

「本命の索敵線は、やはり遠洋飛行分隊の担当海域でしょうか」

白羽のいる遠洋分隊が、もっとも重要な任務をこなすのは当然だが、それが古巣となった菊地からすれば、どことなく気になってしかたがない。

そこで、聞かずともいい質問をしてしまった。

「いや、違う。今回は敵空母部隊が潜んでいると思われるサモア南方索敵は、ソロモン諸島へ出張中だったラバウル広域護衛隊の秋灘護衛分隊が行なっている。

秋灘護衛分隊は現在、フィジー北北西七二〇キロ地点へ先行しているため、サモア北方三〇〇キロを甲地点、トンガ至近を乙地点とする広域索敵が可能になったそうだ」

やや思案した菊地は納得した顔で返答した。

「総航続は約三三〇〇キロですね。少し余裕を持たせたのは、サモアの近距離とトンガ上空を通過するため、敵の陸上航空隊に追いかけまわされる可能性を考慮したのでしょう。

まあ、襲天は最悪の場合、帰路での着水待機っていう最終手段がありますから、最大航続以上の索敵もやろうと思えば可能ですが……あれは正直言ってつらいです。いつ迎えが来るかわからない状況で、海のど真ん中で漂流するんですから」

そう言った菊地の顔と口調が真剣すぎるほどだったため、郷原が小さく笑い声を出した。

「ああ、それは理解できるぞ。だから不慮の状況でなければ行なわない、文字通りの最終手段だ。当然、我々が命令することは絶対にない」

我々……？

まさか郷原は、菊地を飛洋護衛分隊の幹部の一人と見なしているのだろうか。

しかし、妙なところが鈍感な菊地だけに気づいた様子はない。

そこに三国が戻ってきた。

「第七編隊の新雷撃戦法訓練を三度行ない、三度とも成功しました。これにて午前の訓練を終了し、午後の第八編隊の訓練に備えます」

菊地は第八編隊の編隊長に任命されている。

三国は第八編隊一五番機の機長だ。すなわち午後の訓練は自分たちも参加して、部下となった一六番機と協調訓練を実施するのである。

当然、新雷撃戦法も同時に叩き込む。

「ご苦労だった。では、そろそろ菊地少尉も放免してやらねばな。少し早いが士官食堂で食事してこい。午後が飛行訓練だから、食後すぐの出撃は支障が出るだろう？」

この質問には三国が即答した。

「いえ、慣れてますから満腹で出撃しても大丈夫です。ですが、せっかく空いている時間に食事できるようご配慮いただいたのですから、喜んで早めの昼食を頂きます。こら、菊地、ぼーっとしてないでお礼をしろ」

いま来たばかりなのに、もう仕切り始めている。

この調子のよさが三国らしいところだが、第三者から見ると、いかにも菊地がトロく感じられるのだから困ったものだ。

「あ……ありがとうございます。慣れない艦橋配属で緊張したのか、喉が渇いてしかたありません。さっそく食堂で喉を潤してきます」

菊地が言いおわると、二人が言いあわせていたかのように、見事に連動した敬礼をする。

ここらあたりは、阿吽《あうん》の呼吸が必要な襲天使いらしいところだ。その姿を郷原が満足そうに見ている。

これから飛洋護衛分隊は大きく変わる。変えるのは、護衛総隊でトップのエース二人……。

いつのまにか菊地と三国は、護衛総隊の英雄に祭り上げられていたのである。

*

「いまごろ日本軍は、血眼《ちまなこ》になって俺たちを探しているだろうな」

第22任務部隊旗艦、軽巡ラーレイの狭い艦橋には飽き飽きしたといった顔で、ハルゼーが長官席でふんぞり返っている。

話している相手は、いつものカーニー参謀長ではなく、軽巡リッチモンドにいたクリプトン・F・スプレイグ大佐である。

スプレイグは本来、第22任務部隊の司令官なのだが、いまはハルゼーが乗艦している関係からリッチモンドへ移動していたのだ。

「敵の空母部隊は、頑固なほどフィジー近隣海域から動いていません。おそらく我々の第二次航空攻撃を警戒しているのでしょうが、まったく無駄骨ですね」

「いや、もしそこまで見越して敵部隊がフィジーを離れたら、俺はすかさず第二次攻撃を実施していただろうな。だから今回の敵の判断は、オーソドックスながらきわめて正しかったと評価すべきだ」

これからスプレイグには、第22任務部隊を率いて敵空母部隊を翻弄してもらわねばならない。

なのに、あまりにもストレートな判断をしたため、ハルゼーが軽く叱責したのだ。

「私の職務は、あくまで長官の補佐です。長官が率いられる第6任務部隊が動きやすいように、先んじて敵空母部隊の動きを牽制できれば、それでよしと思っています」

「場合によっては、貴様の部隊に攻撃担当がまわってくるかもしれんぞ。ともかく、スプルーアンスの立てる作戦は一筋縄ではいかん。すべての枝作戦が、まるで編みこまれた刺繍《ししゅう》のように意味を持っている。

　時には、俺の主力部隊が囮となる場面もかならず出てくる。その時、貴様が頭の硬い判断をしたら、下手するとそこから作戦が崩壊する可能性も充分にある。それだけは絶対にしてはいかん。わかったな！」

　これはもう絶対命令だ。

　若いスプレイグは、ハルゼーの怒声を聞いて心底からすくんでしまった。

「……まったく。早いとこ、カーニーが戻ってくればいいのに。もうそろそろトラケウ諸島付近まで来ているはずだが」

　カーニーはサモアにあるB-17に乗り、キリバス諸島を経由して、ハワイへ移動した。

　目的は、ハワイを出港する第6任務部隊をサモアまで移動させるためだ。

　暫定的に第6任務部隊の移動担当司令官には、打撃群司令官のF・C・シャーマン少将がついているが、万が一、途中で敵の奇襲があった時に空母群を十全に動かせるよう、カーニーが空母群の仮司令官として乗り込んだのである。

　予定では、到着は明日未明となっている。トケラウ諸島から西サモアまで五六六キロだから、慎重に対潜行動を取りながら南下しても充分に間に合う計算になる。

　第6任務部隊がやって来てからが、ハルゼーにとっての本番だ。

　これまでの行動は、めざわりな敵空母部隊をフィジー付近に釘付けしておき、いつでも叩ける状況を仕立てあげるためだった。

だから、本気で空母決戦を挑む気など、さらさらなかったのである。

「今日の日没前に、俺はドーントレスに便乗してサモアに戻る。その後は貴様に任せるから、さっき言ったことを寝ても忘れるな。いいな」

「了解しました。かならずご期待通りの働きをお見せいたします！」

スプレイグとて、若手の中では最優秀グループの一人というのに、ハルゼーの前では新兵同然だ。

これは第21任務部隊を率いているアーレイバーク大佐も同様で、なんとか提督として対応できるのは、打撃群のF・C・シャーマン少将と第13任務部隊のオルデンドルフ少将ぐらいのものだろう。

つまり、ハルゼーが率いる第6任務部隊の隷下となる全部隊指揮官は、すべて臣下としての態度しか示せないことになる。

そう仕立てたのがスプルーアンスともなれば、もはや反論する気にもならないだろう。

今回の作戦を完遂するためには、スプルーアンスの立てた作戦を、ハルゼーの絶対権限によって一部の狂いもなく成功させねばならない。

言いかえれば、部下が少しでも勝手な行動を取れば、それだけスプルーアンスの精密機械のような作戦にほころびができるということだ。

果たして、そのような強権で支配するような作戦が成功するだろうか。

それがわかるのは、もうすぐ……明日の朝から始まる『カプト・メデュサエ』作戦第二段階・主作戦の成否にかかっている。

もはや、待ったなしの状況だった。

2

九月七日午前　フィジー近海

「フィジーの陸上航空基地へ、敵の重爆編隊が来襲中！」

たったいま、第一一航空艦隊旗艦の海鷹艦橋にいる有馬のもとへ、緊急事態を告げる至急通信が舞い込んできた。

「どこが攻撃を受けている？」

今日は夜明け直後から、フィジーの陸海合同スバ航空基地の航空支援を受ける予定になっている。それを気にしての質問だった。

聞き返された通信参謀は、電文を見直した上で答えた。

「陸海合同スバ航空基地、海軍スバ水上機基地、海軍ラウトカ飛行場、陸軍モアラ飛行場、海軍モアラ水上機基地、ナイライ予備滑走路、バトア島のナプア陸軍飛行場、ラキラキ水上機基地です」

「なんだと……」

有馬は思わず絶句してしまった。

フィジーにあるすべての飛行場と水上機基地が、同時に攻撃を受けている。報告にないのは、航空機が配備されていない三箇所の予備滑走路だけだ。

「その通信は本物か？」

規模が大きすぎると思ったらしい参謀長が、通信参謀に強い口調で問いただす。

「本物です。確認のため基地固有の暗号列を相互確認しましたが、たしかに海軍フィジー司令部からの通信です。

なお、この通信は我々に宛てたものではなく、全域緊急通信として送られているため、我々の他にラバウル広域護衛隊と北ガ島基地、さらにはトラックにいる連合艦隊からも、相次いでフィジー基地の暗号列を送るよう要請が出ています」

基地固有の暗号列とは、事前に配布されている緊急通信用暗号表に、各基地用の専用暗号列を手書きで追加したものをいう。

この暗号列は、ミッドウェイ海戦において海軍暗号が看破された事実を重く見た大本営が、一ヵ月ごとに日本本土で更新される専用暗号列を、飛行艇や連絡機などで直接に届ける仕組みになっている。

この方法であれば、緊急通信時に相手確認をする時、専用暗号列を発信すれば確実に敵の謀略通信を除外できる。

ただし、日頃から乱発すると敵に勘ぐられるため、あくまで緊急通信のみでしか要求できない決まりになっていた。

つまり今回の通信は、フェイクである可能性は限りなく小さいと証明されたのだ。

「しかし……それだけの基地や滑走路を同時に爆撃するとなれば、とてつもない大部隊になるぞ。いったい米軍は、どれだけの機を出してきたんだ？」

スバ航空基地とスバ水上機基地のように、同じ地域に隣接して存在する別基地なら、一個の爆撃隊で攻撃も可能だ。

そこを勘案すると、いまフィジー全域を爆撃している米軍爆撃隊は総数六個となる。一個につき最低でも双発もしくは四発爆撃機一〇機、護衛戦闘機が一六機とすると、総数一五六機にもなってしまう。

これが戦果を得られる最低の数なのだから、おそらく実際はもっと多い。

だが、日本側が把握していたサモアの航空機数は、輸送機を入れても二〇〇機前後だったはず……。

もっとも、航空機の現状把握は困難なため、断片的な偵察行動で確認した数を、とりあえず月報なり週報で報告しているだけだ。

フィジーの場合、偵察機だけでなく飛行艇も活用して毎日のように航空偵察を実施しているが、大規模な米軍飛行場の場合、バンカーや格納庫が数多く設置されているため、その中にある機数は観測できない欠点がある。

さらには未確認だが、サモアの五〇〇キロ北方にあるトケラウ諸島と、北東七三〇キロにあるプカプカ島に、後方予備飛行場が整備されているらしいとの情報もある。

もし米軍が来るべき反攻作戦に備えて、サモア本島だけでなく、後方の予備飛行場へ大量の航空機を事前搬入していれば、日本軍は察知が困難になるだろう。

むろん長距離索敵に使える飛行艇で調べれば、ある程度はわかるかもしれない。

しかし、そこまで日本側に飛行艇の余裕がないのも事実だ。フィジーですら三箇所ある水上機基地のうち、大型飛行艇は二箇所の四機のみで、他の一箇所は襲天一一型が二機と零式対潜水上機四機しかいない。

現状では、フィジーの全方向索敵とサモアの定点偵察を実施するだけで精一杯だ。

艦橋後方通路にある通信室から直接、通信室長が報告にやってきた。通信参謀に電文を手渡したものの、直後に口頭で報告を始めた。

「続報が入りました。スパ地区を爆撃中の敵機は確認しただけで、双発・四発爆撃機四〇機以上、護衛戦闘機は小型の液冷新型単発機が一〇機前後、P‐38が二〇機前後、既知ですが陸軍の新型空冷単発機が二〇機前後だそうです。

モアラ基地の上空観測でも、ほぼ同数・同構成の爆撃隊が来襲中とのことです。

海軍ラウトカ飛行場は、報告途中で通信が途絶してしまったため未確認ですが、どうやら海軍の艦上機による襲撃のようで数は不明です。

他の地域の飛行場と予備滑走路は、第一報の後に通信途絶しているため、敵の規模および所属報告はありません」

一瞬だが、艦橋にいる有馬以下のあいだに沈黙が訪れた。

敵陸軍機で、子細が判明しているだけで爆撃機が八〇機以上、戦闘機が一〇〇機前後。

モアラ島には、おそらく有馬を狙った敵空母部隊の航空攻撃隊が来襲している。となると、半数出撃でも六〇機前後になる。

その他の不明な地域もあわせると、どう少なく見積もっても、陸軍機二五〇機以上、海軍機六〇機前後の大爆撃作戦である。

「連合軍は、ついに本格的な反攻作戦を開始したのか!?」

しばらくの沈黙のあと、有馬の口から誰もが聞きたくない言葉が漏れた。

「連合艦隊に現況報告をいたしますか」

有馬部隊から連合艦隊へ、出撃要請などという大それたものは出せない。

そこで現況報告の場を借りて、このままではもちこたえられないと報告することで、間接的に出撃をうながす方法が取られる。

参謀長の進言は、まさにこれを意味していた。

「そうだな……」

有馬は明らかに躊躇している。

なにしろ、与えられた命令が『連合艦隊が到着するまでもちこたえよ』だからだ。

間接的にせよ出撃要請を出せば、自分が任務に失敗したのを認めることになる。だが有馬は、まだ失敗したという実感を持っていなかった。

躊躇している、その時。

前部飛行甲板に通じる左舷側上方タラップのハッチが開き、甲板員が顔を覗かせた。

「本艦の後方八〇〇〇に敵機の大集団！」

「対空防御！」

有馬が動くより先に参謀長が叫んだ。

「どこから来た！」

一歩遅れて、有馬の絶望的な声が響く。

サモアと敵空母の航空隊は、フィジー攻撃に出払っているはずだ。

万が一、敵が冒険に出て、フィジーに半数を出し、こちらに半数を出した場合、総数五〇機ほどの航空攻撃隊がやってくる可能性はある。

この場合、敵はF4Fとドーントレスだ。それなら、いま直掩に上げている二〇機の零戦三二型で対処できる。

その想定をはるかに超えるからこそ『大集団』であり、八キロ彼方の上空で視認できるほどの規模となれば、その出所を知りたいのは当然だった。

「敵空母部隊が大規模増援されてきたのか？　となると本当に反攻作戦が始まったことになる……よし、ただちに連合艦隊に打電せよ。

敵の航空機が未曾有《みぞう》の増援を受けている。本艦隊は、これを連合軍による反攻作戦の本格的な開始と判断する。これだけ送れ。判断はGF司令部のほうでやってくれる」

幸いにも通信参謀と通信室長が艦橋にいる。二人を前に命じれば、いらぬ確認作業を省くことが可能だ。

二人は一瞬顔を見合わせると、通信室長のほうが挨拶なしで走りだした。

「敵機、視認！　新型艦上機です!!」

ふたたびハッチが開き、今度は甲板長が入ってきた。

「やはり新たな空母部隊か。完全に先手を取られたな」

「軽巡龍田から発光信号！　旗艦直衛のため移動したいが、許可を求むだそうです!!」

右舷艦橋窓で監視任務についていた艦橋要員が、自分で確認したことを報告した。

本来は艦の各部にいる観測員が伝令を使って報告することだが、たまたま発光信号を見たため報告したらしい。

「各艦に伝達。現状位置で艦隊回避運動に専念せよ。龍田には、空母全艦を効率的に守れと伝えてくれ」

有馬は、非公式な報告に対する返事を通信参謀へ託した。

――ズッ！

その時、足もとの床が跳ねあがるような衝撃を受けた。

一瞬遅れて爆発音が聞こえた。すぐに伝音管を通じて飛行甲板から連絡が入る。

「後部飛行甲板中央へ、大型爆弾一発が命中。被害甚大!!」

まずい場所に食らった……。

報告を受けた参謀長の顔が、そう語っている。

海鷹の後部飛行甲板中央部の直下には、二基の艦本式タービンと二軸のスクリュー軸がある。それらに被害を受けると最悪の場合、航行不能になる……。

「誰か、機関室へ確認を行かせろ」

まずは被害の現状を把握しなければならない。

そう思った有馬は、艦橋にいる全員に対し命令を発した。

この時——。

日本側はまったく知らなかったが、じつは第二次世界大戦でいくつか存在する、大きな革新的事象が南太平洋で展開されていた。

それは、米陸軍の新型戦闘機P‐51B型が初めて太平洋戦線に投入されたことだ。

P‐51A型なら、今年前半には英国供与として実戦配備になっている。

しかし、A型はアリソン社製エンジンの性能が芳しくなく、これに苦慮した英国の提案で、去年の一一月にパッカード・マーリン社製のエンジンに換装したところ、大幅な性能の向上ができた。

そこで、既存完成機だけでも先に換装させようと奮闘した結果、今年の四月にはビルマ戦線に投入でき、七月初旬にはロサンゼルスに増援第一段となる二〇〇機が到着した。

そのうちの五〇機が、サンフランシスコとハワイを往復している護衛空母に乗せられ、八月中旬にはプカプカ島の予備飛行場へ搭乗員と一緒に到着したのである。

P‐51B型は、大型落下増槽を胴体下に搭載した場合、最大航続三六〇〇キロを可能としている。まさに日本海軍機も真っ青の性能だ。

純粋な戦闘機でありながら、襲天三三型の雷装時航続距離に匹敵するのだから、紫電改の一七〇〇キロは言うに及ばず、零戦三二型の二〇〇〇キロをも大幅に上回っている。

一緒にやってきたP‐38は、もともと四一〇〇キロあるし、もっとも短いP‐47サンダーボルトも、新規に大型増槽搭載可能型となったせいで、二六〇〇キロも飛べるようになった。

これら新型機や改良戦闘機の護衛があれば、米陸軍の重爆は、太平洋狭しと暴れることが可能になる。それを嫌でも予見できるような状況であった。

さらには、ハルゼーが乗艦したばかりの第6任務部隊所属の第1空母隊（正規空母ヨークタウンⅡ／イントレピッド／ホーネットⅡ）の、F6F／新規配備のSB2Cヘルダイバー、総数一五〇機が攻撃に参加している。

ハルゼー部隊には、まだ三隻の高速軽空母の艦上機が残っている。

こちらのインデペンデンス級軽空母には、護衛空母用ではなく、正規空母用の新型機が搭載されているから、ハルゼーが得意とする全力出撃をしたら、さらに一四〇機ほどの追加ができたはずだが、あえてそれを実施していない。

つまりハルゼーにしてみれば、余裕で有馬部隊を潰せると判断した上での攻撃なのだ。

対する有馬空母部隊は、過去の戦闘で八機の零戦を失っている。

さらには、今朝はフィジー航空隊の支援下で敵空母部隊を発見次第、ただちに航空攻撃を仕掛ける準備をしている最中だった。そのため、上空に直掩機は二〇機しかいなかった。

そこに、F6F六〇機を含む一五〇機の航空攻撃隊が襲いかかったのだから、最初から勝負は見えていた。

*

午前七時三二分。

トラックの連合艦隊に有馬空母部隊壊滅の第一報が入った。

「神鷹および海燕を喪失。海鷹は後部飛行甲板および機関室被害により一軸を破損、速度の大幅な低下。白燕は飛行甲板中央部へ大型爆弾が直撃。かろうじて沈没はまぬがれたものの、戦闘能力を完全に喪失。空母全艦、離着不能。

艦隊司令長官から戦線離脱の許可申請が出ています。我、すでに戦う術《すべ》なし。ソロモン方面への退避、およびラバウルでの簡易補修を経て本土帰還を希望す。以上であります！」

戦艦武蔵の艦橋にいるＧＦ司令部各員から、驚きとも慚愧《ざんき》ともとれるうめきが漏れた。

しかし、我を忘れてパニックを起こす者はいない。

じつは一時間以上前、ウェーク島司令部から別の緊急通信が届いている。

『本日未明に戦艦二隻を主軸とする敵艦隊が対地砲撃を実施、直後に上陸部隊が島の南東端となる滑走路先の岬へ上陸しはじめた』というものだ。

先日に敵軍は、マーシャル諸島のウトリク島へ上陸したばかり……なのに今度は、中部太平洋の重要拠点となっているウェーク島を奪還する動きを見せている。

その時点ではＧＦ参謀部の中には、これ以上の勝手は許しがたしとして、ただちに連合艦隊の総力をもって、ウェーク島の上陸を阻止すべきという意見も出た。

しかし山本五十六は、中部太平洋は草鹿任一中将と各島の航空基地や守備隊に任せてあるとして、連合艦隊が動くことを許可しなかった。

その上での、有馬艦隊壊滅の第一報である。

壊滅の報のわずか二〇分前には、有馬から暗に連合艦隊に対する出撃を嘆願する電文も届いている。

有馬の判断が正しいとすれば、中部太平洋における敵の連続上陸は、南太平洋で今朝はじまった最大規模の反攻作戦を支援するための陽動作戦となる。

連合艦隊が陽動でつられれば、それだけ南太平洋に対する対処が遅れる。

その場合、スプルーアンス部隊は無事にはすまないかもしれない。だが、もしかすると、少しだけ対応した後は、さっさとハワイへ遁走する可能性もある。

そうなれば、馬鹿を見るのは連合艦隊である。

これらの簡単な推測でわかることですら、混乱したGF参謀部の一部参謀は理解できないほど、頭に血がのぼっているらしい。

ただ、山本五十六は違った。

困惑した雰囲気が支配している武蔵艦橋で、すべてを払拭するほどの怜悧《れいり》たる声で宣言したのだ。

「連合艦隊全部隊、即時出撃せよ。艦隊陣形は航行しつつ整える。出撃後は各艦隊の艦隊最高速度で進撃。次の集結地点は、ガダルカナル北岸、北ガ海峡とする。ただちに行動へ移れ!!」

山本だけが毅然とした態度で、緊急出撃命令を発令した。

むろん、いま思いつきで発した命令ではない。

ただちに出撃しても、南太平洋はあまりにも遠い。そこでガダルカナル島の北にある北ガ海峡（旧アイアン・ボトム海峡）を集結地点に定め、そこまでは艦隊ごとの最速で移動するよう命じた。

それでもトラック環礁から北ガ海峡まで、二一〇〇キロほどある。連合艦隊でもっとも速い艦隊速度を出せる第一機動部隊ですら、丸二日かかる距離だ。

そこまで考えに入れての命令を下す以上、ある程度の想定をしていなければならなかった。

昨夜、山本は黒島亀人を長官室へ呼び、今後の予想を述べさせた。

そこで黒島は『もう手遅れだ』と断言したのだ。

連合艦隊はトラックで様子を見ず、まっすぐソロモン諸島まで突っ走るべきだったのに、中部太平洋の敵を意識するあまり、間違った行動をとってしまった。その結果、敵の策にはまったのだ。

黒島は訥々《とつとつ》と瞑想の結果を述べた。

敵は南太平洋において、低速軽空母部隊同士で、あたかも小規模空母決戦を演じているように細工し、その裏で主力部隊となる大艦隊を、ハワイから南太平洋へ呼び寄せている最中と推測する。

その艦隊がサモアに到着した時点で、少なくとも連合艦隊は、ソロモン諸島南東海域へ進出していなければならない。

もし、その場所に連合艦隊の主力部隊がいたら、小沢率いる第一機動部隊は、さらに東方海上へ突出していることになる。そして、小沢部隊に随伴する第一航空支援隊の新襲天二〇機と零式対潜水上機八機が、余裕で敵の主力空母部隊を発見できていた……。

ここまでお膳立てができていれば、敵主力機動部隊は戦う前に大被害を受けていた。当然、有馬部隊の被害も、事前に回避できていた可能性が高い。もしそうでなくとも、有馬部隊の被害と引き替えに、敵主力機動部隊を道連れにできていた。

この予測が、昨夜の段階で山本へもたらされていたのだ。

当然、山本はすぐにソロモン諸島へ連合艦隊を向かわせると返答した。

それに対する答えが『もう手遅れ』だった。

黒島亀人は、ここのところ自室に引きこもって瞑想三昧の日々を送っている。部屋を出るのは、山本へ報告する一日一回だけ。食事すら兵卒に運ばせている。

そこまで集中しての瞑想の結果、黒島は完全にスプルーアンスの策を読みぬいていた。

しかし、それがGF司令部の判断に影響を与えることはなかった。

なぜなら山本五十六の一存により、まだ宇垣纏には一言も伝えていなかったからだ。

今回の作戦は、身を削る戦いになる。そのための覚悟が、まだ連合艦隊には徹底されていない。

このまま中途半端な覚悟で決戦に出向けば、まず間違いなく敗退する。

双方が同規模の被害でも敗北判定なのだから、比較優勢になって初めて引き分けとなる。つまり、必勝の覚悟が必要なのだ。

覚悟を引き出すためには、どうしても先んじての被害担当部隊が必要になる。

まったく悪魔との取引のような判断を、山本五十六はしてしまった。

すべての責任は自分にある。戦後にどれだけ責められようと、日米講和が成立するのなら、自分は喜んですべての責任を取ろう……。

山本は、もはや身を捨てている。そうでなければ、日本は助けられない。

ただ……。

いかに悪行を働くといっても、偶然の結果でそうなってはたまらない。そこで黒島亀人の、精密な未来予測が必要になる。

出撃命令を聞いた時のことを宇垣は、のちに自身の日記である『戦藻録』に書き残している。

『長官の表情は、寸分も変わらなかった。まるですべてを予期していたかのように、平然と有馬部隊の被害を受けとめ、次の瞬間、連合艦隊全部隊に対し、落ち着いた声で緊急出撃命令を発令した。これは鬼神の所業であると思った』

冷徹至極といわれる宇垣ですら震え上がるほど、その時の山本の表情は人間離れしていたのである。

それでもなお、宇垣には山本の女房役としての職務がある。かすかに震える声だったが、しっかり確認を取った。

「有馬艦隊の戦線離脱をお認めになられますか」

「当然だ。有馬はこれまでよくやってくれた。あとは我々に任せ、安心して本土へ戻ってくれと伝えてくれ。それから、フィジー基地へ直電でいいから命令を伝えてくれ。

これよりフィジーの各基地は敵軍の上陸侵攻に晒《さら》されるため、各航空基地の爆撃隊と長距離戦闘機隊、そして水上機基地の飛行艇は、すべてエスプリッツサント島の飛行場へ退避せよ。

フィジーに残すのは、基地直掩用の戦闘機と偵察用の水上機だけでいい。陸上の守備隊には苦労をかけるが、なんとしても三日間をしのいでほしい。早まった玉砕判断は何があっても許さない。

三日後、かならず我々が助けに行く。連合艦隊に随伴する大規模輸送部隊を使い、フィジーにいる全陸上守備隊を撤収させることを確約する。だから、それまで耐えてくれ。そう伝えよ」

先ほどの冷徹な態度とはうって変わり、いまの命令を告げた山本は、いつもの温情溢れる顔に戻っていた。

それを見た宇垣は、なおさら慄然とした。

『長官は今回の戦いにおいて、連合艦隊の被害を度外視するつもりだ。自分たちは、どれだけ被害を受けようと構わない。しかし、他の部隊を巻きぞえにはしない。その強い覚悟がなければ、一連の命令など出てこない……』

連合艦隊司令長官とは、かくも過酷な役職なのだろうか。

身を捨てるだけでなく、未来永劫まで全責任を背負う覚悟がなければ務まらない。

これまで嫌というほど一緒に戦ってきたというのに、宇垣は山本の本質を見抜いていなかったことに愕然《がくぜん》としたのだった。

カーニー参謀長の報告を聞いたハルゼーは、にんまりとした笑いを浮かべた。

「攻撃から一時間で出撃とは、これまた大した慌てようだな。南太平洋を託していた軽空母部隊が壊滅したことが、よほどショックだったらしい」

現在のハルゼー部隊は、周辺海域に空母群と打撃群を配置し、西方一〇〇キロ地点に前衛となる警戒部隊として、アーレイバーク大佐率いる第21任務部隊を配置している。

クリプトン・F・スプレイグ大佐に託した第22任務部隊（軽空母部隊）と、ジェシー・B・オルデンドルフ少将率いる第13任務部隊（低速戦艦部隊）は、守る者のいなくなったフィジー諸島を攻略すべく、支援のためフィジー近海へ進出中だ。

フィジーに上陸作戦を展開する予定の部隊は、第13任務部隊の指揮下にある輸送部隊が担っている。

3

九月七日夕刻　フィジー近海

フィジー本島の南東に位置するレイクバ島。

周辺は群島をなす島々が連なり、フィジーを守る天然の要害となっている場所だ。

そこの東方七〇〇キロ地点に、ハルゼー率いる第6任務部隊はいた。

この海域はトンガ諸島の北端付近にあたり、第22任務部隊を率いていた時は、隠れ場所として活用した場所でもある。

それだけに周辺状況も手に取るようにわかる。

「連合艦隊が動きはじめたとの報告が、トラック環礁を監視していた潜水艦隊から届きました。出撃時刻は、本日の午前八時過ぎとなっています」

こちらの上陸部隊は、中部太平洋でスプルーアンスが展開中の陽動作戦とは違って、永続的な支配を目的とする本格的な奪還を命じられている。

そのため規模も段違いで、まず先陣となるのは第一海兵師団一万名だ。先陣で一万を投入するのは、連合軍でも初めてとなるだけに、絶対に失敗できない作戦となっている。

第一海兵師団は大胆にも、フィジーの中核地区であるスバの二二キロ西方にあるキウバビーチへ、今夜にも上陸する。

そもそも連合軍の牙城だった島ゆえに、完璧な地図と要所の子細な状況がわかっている。だからこそ可能になった、初動で中核地区を一気に奪還する作戦である。

海兵隊がビーチに橋頭堡を築いているあいだ、第13任務部隊に所属する五隻の戦艦と重巡ポートランドは、スバに対し徹底した艦砲射撃を用いて支援することになっている。

そして橋頭堡を確保できたら、今度はバトア島／カンダブ諸島／モアラ諸島といった周辺の島々にある守備陣地や飛行場／予備滑走路を確保するため、各一個師団から二個連隊規模の陸軍部隊が上陸を開始する。こちらは大胆にも、護衛艦艇はサモア所属の護衛駆逐艦部隊のみだ。

どちらにせよ、夜間に仕掛けてくる日本艦は、フィジーに少数いる小型潜水艦数隻と防護艦と呼ばれる二等海防艦（四五〇トン）のみだ。

米海軍なら魚雷艇が出てくる場面だが、日本海軍が有する魚雷艇は少ないため、フィジーには配備されていない。その代わり、沿岸警備を担当する二等海防艦の雷撃で対処することになっている。

それらが一箇所の上陸地点に殺到すれば、あるいは多少の被害が生じるかもしれない。

しかし護衛駆逐艦とはいえ、主力となっているエドソル級は一二〇〇トン、カノン級は一二四〇トンもある。いずれも今年になって実戦配備についた新鋭艦だ。

米海軍で就役している護衛駆逐艦には、ほかにバックレイ級やエバーツ級があるが、いずれも機銃しか搭載していないため、南太平洋へは配備されていない。

このうちカノン級には七・六センチ単装両用砲が三基搭載されている。ある程度の砲撃戦にも対応しているから、たかだか四五〇トンの二等海防艦『海防二号型』(八センチ単装両用砲一門)では撃ち負ける可能性が高い。

雷撃装備についても、カノン級は五三・三センチ三連装発射管を一門備えているから、最低限の雷撃戦にも対応している。

これに対し二等海防艦は、あきらかに雷撃装備が貧弱だ。一等海防艦と同じ九五式二連装短魚雷発射管を一門しか装備していない。

九五式は旧型襲天(一一型から三二型まで)が装備していた短魚雷のため、護衛駆逐艦には有効でも、それ以上の艦には非力だ。総合的に見て、二等海防艦二隻で米護衛駆逐艦一隻と対等と思われる。

しかし、フィジー周辺にいる戦力は、米護衛駆逐艦のほうが二倍以上も優勢なのだから、もはや話にならない。

いかに有馬部隊が、この海域における抑止力になっていたか……。まさに『失って初めてわかるありがたさ』である。

現在時刻、午後六時二分。

「そろそろ航空攻撃隊が戻る時刻です」

カーニー参謀長は、つねに任務最優先を貫いている。そのためハルゼーの言葉を遮る形になったが、ハルゼーは気にしていない。

「おう、そうか。では空母群に着艦態勢に入るよう命じる」

「空母群、着艦態勢！」

すかさず航空参謀が復唱する。

その声は、軽巡クリーブランドに新設された艦内電話担当員を通じ、すぐさま艦橋上部の通信所へ送られる。そこから発光信号で各空母へ命令が伝わる仕組みだ。

この距離なら短距離無線電話を使えばいいかもしれないが、現在のハルゼー部隊は全艦が無線封止状況にある。

この海域に潜んでいる限り、自ら所在を明かす電波発信は禁忌事項だ。当然、各種レーダーも作動していなかった。

「どうあがいても、連合艦隊が交戦海域に到達できるまで、二日以上かかる。この二日間に上陸作戦の大半を完遂できれば、もう勝ったも同然だ。

連合艦隊は、せっかく急いでやってきたというのに、フィジーにいる守備隊が人質になったも同然では、俺たちに専念することができないからな。

守備隊の救出か決戦か迷っているあいだに、俺たちがつねに先手を取って戦いを進める。これがスプルーアンスが立てた作戦の概略だ。つねに連合艦隊に後手を取らせる。そのために、すべての作戦が連動している。

前回の戦いは、つねに連合艦隊の先手で行なわれた。その結果、スプルーアンスは戦略的に負けなかったものの、戦術的には敗北という結果になった。

あの時点で、おそらくスプルーアンスは遠大な反攻作戦のすべてを構築し終えていたはずだ。

前回、好きなように先手を取らせて勝たせる。そうすると連合艦隊は、今回も先手必勝と意気込むはずだ。しかし現実には、出だしで後手にまわらされた。

それを演出するため、あえてスプルーアンスは我が身を最前線に置き、中部太平洋で暴れている。自分の立てた策なのだから、まず率先して戦う。あいつは、そういうやつだ」

いつもは他人を誉めないハルゼーだが、スプルーアンスだけは例外だ。むろんカーニーも承知しているから、黙って聞いている。

「フィジー上陸を支援中の第22任務部隊へ例の小型飛行艇部隊が攻撃を仕掛けてきました!」

いきなり無線室からの有線電話が入り、担当が大声をあげた。

まだ襲天の名が米側に知られていないため、いまもって『例の小型飛行艇』のままだ。

攻撃を受けた第22任務部隊は、スバ西方三五〇キロ地点――レイクバ島の東海域にいる。そこへ雷撃をしかけられる襲天隊となれば、おそらくフィジー北西六〇〇キロ付近まで先行していたラバウル広域護衛隊の所属機だろう。

あくまで主任務は広域偵察となっているが、敵の軽空母部隊がそこにいるとわかっている以上、雷撃任務として出撃させる誘惑に勝てなかったようだ。

たとえ襲天であっても現在の日没後……薄暮の状況では撃墜されにくい。

しかも第22任務部隊は、夕刻の航空支援を終了したばかりで、すでに日没ということもあり、直掩機を上げていても少数の可能性が高かった。

そこまで読んだ上での出撃かは知らないが、ラバウル広域護衛隊第一派遣隊(二個護衛分隊/襲天八機)でも、充分に戦果を得られる可能性がある。

「来たか。それで被害は?」

ハルゼーの質問はカーニーによって中継され、電話担当員に伝わった。しばし通信室とのやり取りがあり、返答となった。

「ミッションベイが右舷後部に一発食らいましたが、若干の速度低下ですんだようです。飛来した敵機は六機もしくは八機。暗がりでの攻撃のため、視認報告に食い違いが出ている模様。

そのうち雷撃直前での撃墜三機。すべて舷側の単装機関砲による戦果です。直掩戦闘機は海面が暗すぎて上空からの視認が困難なため、降下途中で敵機を逃がしたそうです」

「ほう、我がVT信管の威力は絶大だな。最初、スプルーアンスから機関砲座を新規設置したいと聞いた時は、そんなもの追加しても役に立つもんかと思ったもんだが……いやはや、あいつの策には驚かされっぱなしだ」

ふたたびスプルーアンス賛美が始まった。

しかしカーニーは、嫌な顔ひとつせずに聞き入っている。

並みの参謀長なら、ここで『ハルゼー長官もまんざらではないです』などの言葉が飛び出てくるのだが、カーニーがそのような愚を犯すはずもなかった。

4

九月八日朝　ソロモン諸島南方海域

カビエン広域第一護衛隊が、ついに作戦海域の端となるエスプリッツサント島西北西六三〇キロ地点へ到達した。

現時点で連合艦隊は、まだソロモン諸島へすら到達していないのだから、いかに先行しているかわかるだろう。

「各護衛分隊、襲天の発艦を終了しました」

第一護衛隊司令官を兼任している秋津小五郎大

佐のもとへ、航空隊長の剣崎守少佐が報告のためやってきた。

第一護衛隊の旗艦は、いまも駆逐艦『峯風』のままだ。ただ、第二護衛隊が追加されたため、あちらの旗艦は大洋護衛分隊の旗艦でもある広域護衛艦『宇治』に変更された。

「わざわざすまんな。本日は作戦海域の西端へ着いたばかりだから、とりあえず出撃させた感が強いが……。

まあ、連合艦隊が到着するまでに周辺海域の対潜駆逐を終わらせていないと、それこそ大変なことになるから、まったくの無駄にはならん。

そこらへんのことを、襲天隊の面々に徹底する時間がなかったから、現場で不平不満が出ていないか心配だ」

剣崎は航空隊長だが、カビエン護衛隊に専門の航空参謀がいないせいで、航空参謀の役目も兼任している。

これは剣崎だけでなく、峯風に乗艦している『護衛支援隊』という名の司令部要員すべてに言えることで、たとえば航行主任・峯風航海長を兼任している多良泉太郎大尉は、実質的に航行参謀も兼任しているといった具合だ。

いま秋津が口にした言葉も、どちらかと言えば航空参謀と航空隊長の両方に言うべき内容だった。

「対潜駆逐任務については何も心配していません。彼らの専門分野ですから。ただ……誤爆の件については心配しています」

「やはり、貴様もそう思うか。ここ三ヵ月で、なんと五隻もの味方潜水艦が、襲天や大型飛行艇、さらには零式水上機によって誤爆されている。

そのうち二隻が撃沈されてしまったせいで、一時は飛行艇による対潜駆逐を中止すべきという声まで出たほどだ。

誤爆のほとんどが陸上襲天隊と大型飛行艇によるものとはいえ、これから敵味方入り乱れる南太平洋で戦闘行動に入る我々としては、とても他人《ひと》事《ごと》とは思えない事態だ。

幸いにも、横須賀の護衛総隊総司令部と海軍軍令部が緊急対処法を考案してくれたおかげで、その後の誤爆はなんとか阻止されている。

しかし、いかに有効な対処法であっても、これから先、乱戦状況が必発と考えられている南太平洋では万全ではないと思う。

そこのところも、襲天隊の皆に徹底する時間がなかったのが気がかりだ。しかたがないので、戻ってきたら母艦単位で、飛行隊長に周知徹底させることにしよう。その手筈を頼む」

秋津の言う『緊急対処法』とは、零式対潜水上機と襲天の各機に、対潜哨戒の最終段階（敵潜の位置を距離一〇〇メートル／深度一〇メートル以下にまで絞った段階）において行なう特別行動のことだ。

以前なら、対潜爆弾を投下するため離水する時点で、対潜任務に従事している担当者（襲天は前席搭乗員、零式水上機は後部搭乗員）が、手作業で細いロープの先に吊り下げた『大きめの茶筒』のような容器を水中に沈める。

この容器の中には、電話機用のマンガン電池と小さなモーター、そして大きめの打鈴が入っている。

ようは電話機の呼び出し鈴の音を鳴り響かせるだけの、機械仕掛けというのもおこがましいほどシンプルな装置だ。

担当者はあらかじめスイッチを入れて、ネジ式になっている筒の蓋を閉じる。すでに打鈴は大音響で鳴っているため、耳が痛いほどだ。それは筒に密閉しても同様で、鉄板を円筒状に溶接しただけの容器は、遮音するどころか共鳴して拡大するよう調整されている。

一ヵ月前に行なわれた日本本土での実験では、水中変温層がよほど酷くない限り、直接的には半径五〇〇メートル以内、深度一〇〇メートル以内にいる潜水艦なら、たとえ水中巡航中でもはっきりと聞き取れたとなっている。

ようは『これから対潜駆逐爆撃を実施するが、貴艦は味方か』と、打鈴で敵味方識別を行なうのである。

打鈴音を聞いた味方潜水艦は、最優先でなんらかの応答をする責務が生じる。

その方法は連合軍側に察知されるのを防ぐため、いくつかある手段を曜日や日時に応じて変化させる。間違った応答をしても攻撃されるのだから大変だ。

応答の一例をあげると、特定の周波数を出せる特定パイプや潜水艦の内殻を、ハンマーやレンチで叩いて打撃音を出す方法がある。

その場合、叩く場所で音の高さと鋭さが変わるため識別でき、さらには打撃音をモールス信号のような特殊符号で連続打撃することで、味方潜水艦の個艦識別までできる仕組みになっている。

それらの打撃音は襲天の聴音装置で容易に聞き取れるから、聞き逃す恐れはほとんどない。

問題は、最新型となる伊号五〇〇潜の一部が、最大深度一〇〇メートルを超えていることだ。

むろん、危険をともなう最大深度への潜航は、よほどのことでもないかぎり実施してはならないと決められている。

だが、対潜駆逐されている真っ最中は、その『よほどのこと』に該当してしまうのだ。

水中変温層は深さ一〇〇メートルより浅い深度で発生しやすく、層の上と下での水中音の伝達速度が変化するため、ちょうど光をレンズで集束するのと同じように音の進行方向を変えてしまう。

場合によっては無音になる深度が発生するため、そこに潜水艦が逃げこむと、海面からは探知不能になるし、潜水艦自身も海面の様子が聴音できなくなる。その状態で打鈴音を出しても、潜水艦は聞き取れない。

それ以前に、襲天などの聴音活動で発見されていて、なおかつその後に変温層の下へ逃げこんだ場合のみ条件が成立する希な状況だが、まったくあり得ないとは言えない。

つまり、いくら対策を講じても誤爆の可能性はなくならないのである。

とはいえ、誤爆が連続して以降、海軍軍令部は各地に展開している潜水艦隊に対し、最寄りの基地や潜水母艦による補給を受けた際に、以後の作戦行動で使う航路を事前報告することを厳命している。

したがって、日本の潜水艦がいると想定される地点（時系列で移動する）は、襲天隊などに逐一通知されているため、そこで対潜駆逐活動を実施することはない。

これで大半の誤爆は防げたが、問題は南太平洋のような、大規模作戦が実施される海域である。

洋上や空で水上艦部隊や空母部隊が盛大にドンパチやらかしている段階では、水中にいる潜水艦も、敵艦隊の監視や攻撃のため活発に動いている。

相手がいる状況で成り立つ活動のため、交戦海域での追尾や退避は日常茶飯事であり、事前報告した航路を外れてしまうことが多くなる。

これが交戦海域でも、連合艦隊の露払いとして対潜駆逐行動を強いられる襲天隊の足かせになることは、とうの昔にGF司令部でも検討されていた。

そして出された結論は、非情なものだった。

すなわち、『万策を講じてなお防止できない誤爆であれば、それは個々の潜水艦の艦長による采配で回避するしかない』である。

つまり、誤爆されそうな場合、潜水艦の艦長が『予感』なり『予測』なりを根拠に回避せよということだ。

すべては攻撃する側である飛行艇部隊に足かせをしないためだが、該当海域の潜水艦はたまったものではない。

おそらく……分別ある潜水艦の艦長は、事前報告した航路から絶対に外れない範囲でしか作戦を実施しないだろう。目の前を敵艦が通過しても、のちに報告するにとどめ、自ら雷撃するため移動することはしない。

しかたがないこととはいえ、この命令により日本の潜水艦部隊による敵水上艦への戦果は、この先、大幅に少なくなることは確かだった。

「まあ、しかたないでしょう。今回の作戦で最優先とされているのが、敵艦数より有利な状況で海戦を終了することですからね。

しかも、前回の空母戦のように一隻だけ優位といった状況ではダメで、最低でも三隻以上の空母が生き残る程度というのですから、かなり無茶な設定であることは確かです。

その割合は空母だけにとどまりません。戦艦から潜水艦まで、割合の違いはあっても、いずれも対米有利で終了すべしとなっています。

我々は連合艦隊ではないですが、別途、横須賀の総司令部から、似たような長官命令が出ていますので、我々も連合艦隊と連携する以上、嫌でも準拠するしかありません」

連合艦隊に比べると、はるかに防御能力が劣る護衛隊にまで、相対的に優位な状況で戦いを終えよとの命令が出ている。

まさに無茶の一言だ。ただでさえ、最近の襲天隊の被害が謎の増加を来しているのに、比べる相手がないにもかかわらず、相対有利を貫けとは何事だろうか。

まさか、敵空母部隊を攻撃させて、飛行艇母艦喪失数と敵空母撃沈数を比較するつもりなのだろうか。

海軍軍令部と護衛総隊総司令部の思惑がわからないだけに、事の真意は謎のままである。

「無茶は承知の戦争だ。それに我々は連合艦隊の要請を断れない立場にある以上、GF司令部の立てた作戦にしたがうしかない。あとは個々の襲天編隊長の判断と、護衛分隊の指揮官の判断に任せるだけだ。

充分に訓練を積んだ彼らが、願わくば無事に戦い終えることができるよう我々は祈るしかない。さもなくば、自滅覚悟で敵艦に突入するか……まあ、第一護衛隊の飛行艇母艦が全滅したら、それも選択肢に入るかもしれんな」

いつもは冗談など口にしない秋津が、とんでもないことを口走った。

驚いた剣崎が、司令官なのに不用意だと進言しようと顔を上げる。だが秋津の顔は、これ以上ないほど真剣だった。

『これは本気だ』

瞬時に剣崎は確信した。

秋津という人物は『部下のためには率先して死ぬ覚悟を見せる人』であることを、あたためて実感させる状況だった。

ともあれ……いま第一護衛隊がいる位置は、あくまで暫定的なものでしかない。

ここはガダルカナル島から南東五三〇キロにあたる地点であり、第一護衛隊は、これから広域索敵任務を実施しつつ、さらに先へ進み、最終的にはフィジー北西八〇〇キロ地点まで進出する予定になっている。

最終到達点は、小沢率いる第一機動部隊の急行地点と重なっている。

その後は小沢部隊の指揮下に入るため、独自の判断ができなくなる。これは前回の作戦時に行なった行動と同じだ。

連合艦隊の中で先行している小沢部隊は、まずこの海域に腰をすえて、敵機動部隊の居場所を探ることになっている。

そして小沢部隊を支援するため、第二〇航空支援艦隊（飛行艇母艦部隊）もやってくるが、艦隊速度の差があるため、半日以上遅れてしまう。

そこでカビエン第一護衛隊が、当座の穴埋めのため支援を要請されたのである。

ちなみにカビエン第二護衛隊は、角田覚治少将率いる第二機動部隊に随伴することになっている。ようはカビエン護衛隊総出で、連合艦隊の機動部隊支援を引きうけたのである。

昨日あたりから、フィジーの守備隊による悲惨な報告が舞い込み続けている。

連合軍は、先陣として突入した海兵隊にすら軽戦車を持たせている。火砲の充実度も段違いで、守備隊は敵上陸部隊を撃退するどころか、接近を試みては撃退されるのをくり返す始末だ。

今朝未明には、決死隊を編成して闇に乗じての突入を行なった。

だが、圧倒的多数の重機関銃に応射され、ほとんど戦果もなく、壊滅的被害を受けて押し返されたという。

支援に駆けつけている途中のＧＦ司令部からは、徹底して守備戦闘をするよう厳命が出ている。無駄な突撃をせず、助けが来るまで待てという命令は、かえって現地の守備隊指揮官を憤激させたようだ。

とくに無謀な突撃に出たのが陸軍守備隊なのを見ても、座して助けを待つだけなのは屈辱の極みとでも考えたのだろう。

まさに山本が危惧していた通りの事態が展開しはじめている……。

第一護衛隊が到着した地点から、ハルゼーのいるトンガ諸島北端地点まで、おおよそ二二五〇キロ。往復だと四五〇〇キロとなり、さしもの新襲天も爆雷装なしでも届かない。

しかも、そこに敵がいる前提での距離なのだから、常識的に考えても、現在のハルゼー部隊は完全に索敵限界の外に位置していることになる。

もしハルゼー部隊を発見できる可能性があるとすれば、エスプリッツサント島に退避してきた味方の大型飛行艇だけだろう。

フィジーにいる索敵用の機は単発水上機のみのため、最大でも片道六〇〇キロが限界であり、残念ながら五〇キロほどハルゼー部隊に届かない。

むろんハルゼー部隊は、それらすべてを勘案した上で待機地点を設定しているはずだ。作戦を立案したのがスプルーアンスである以上、これは当然の結果である。

ということで菊地たちの初出撃は、フィジー近辺にいる敵艦隊の索敵任務となったのである。

5

九月八日午前一〇時　フィジー近海

「まあ……こんな日もあるわな」

菊地と三国が乗る、飛洋襲天飛行分隊一五番機。その前席で、菊地がため息まじりに愚痴を漏らした。

　夜明けと同時に出撃し、二度の対潜哨戒行動を実施するも、敵潜どころか味方潜水艦も発見できなかった。

　今日の出撃は、編隊指揮下にある一六番機と共に行なう初任務だけに、編隊長になった菊地も意気込んでいたのだが……完全にあてが外れた形だ。

「先輩ヅラを見せようとするから、神様に意地悪されたんだよ」

　聞こえていないと思ったのに、後部席の三国が返事した。

「なんだよ、お前まで……俺の恥は貴様の恥なんだぞ。なんせ同格なんだからな」

「いやいや、同じ少尉でも菊地は編隊長、俺は機長だぜ。俺の機長は他の機の操縦士兼任に合わせた結果だから、貴様の編隊長とは意味合いが違う。ということで、今回の外れ索敵は貴様の恥だ」

　三国は落ち込んだ菊地を見ると、ついおちょくるという悪い癖がある。それを知っていても腹がたった。

「これまでも、敵潜の影も形もない日なら何度もあったさ。でも、少なくとも両陣営の艦隊が作戦実施を控えている時期に限れば、まったく聴音に引っかからなかった日なんて、数えるほどしかなかった。

　だいたい一〇回の広域聴音で敵潜らしきものを発見しても、次の精密索敵で敵潜確定と位置捕捉できるのは、せいぜい一回か二回だろ?

　その一回か二回の貴重な発見をもとに対潜爆撃して、実際に撃沈できるのは五回か六回で一隻程度だ。まあ、これは単機の場合だから、今日みたいな二機編隊だと、二回か三回で一隻ってことになる。ということは……」

　一〇分の一か一〇分の二の初期発見、その中の二分の一か三分の一の確率で敵潜を撃沈できるのだから……菊地がせっせと暗算しはじめると、三国の声が聞こえた。

「最高で一〇回、最低だと三〇回、初期索敵を実施して発見できた中で、ようやく一隻を撃沈できる計算になるな。そんなに確率低かったっけ？」

菊地たちの場合は、もう少し成績がいい。そうでなければエース扱いされないし、幸運の神の申し子と言われることもない。

いま菊地が言った確率は、あくまで護衛総隊がまとめた襲天による撃沈率の数値である。

『……こちら一六番機の伊藤。進路変更の指示はまだですか』

近距離無線電話に繋いだままのヘッドホンから、編隊僚機の前席員である伊藤大介二等兵曹の声が聞こえてきた。

新襲天になって、近距離無線電話の性能が向上している。性能アップの理由は、新型の出力真空管が開発されたからだ。真空管内の極板を増やし、材質も電子を放出しやすいものに改良した結果、かなり性能のいい多極真空管ができたらしい。

ただし、安易にアンペア数を増やした設計にすると、すぐ焼ききれてしまう。そのため大型通信機やレーダーには、いまのところ使えない。

センチメートル波を用いる無線電話やレーダーには、特殊な真空管であるマグネトロンが必要だが、消耗の激しい航空機用には使えないようだ。

「菊地、返事してやれよ」

つい考え込んでいた。三国にうながされて初めて、菊地はハッとした表情になった。

「こちら菊地。予定通りにB地点へ進路を変更する。俺たちを追尾してくれ。どうやら今日は嵐の前ということで、敵潜も巻きぞえを食らわないよう、自軍支配海域へ退避したようだ。

「だから、B地点までの対潜哨戒も空振りに終わるかもしれんが、すべて訓練だと思って気を抜かないよう気をつけてくれ。いいな」

『了解しました！』

すかさず、弾けるような声が返ってくる。

菊地が通信しているあいだに、三国は早くも機体を左翼方向へ傾けはじめている。

現在地点は、フィジー北部にあるヤサワ諸島付近。連合軍の上陸部隊はフィジー本島の南部にあるスバに集中しているため、この海域に敵艦隊が現われる可能性は低いと判断されていた。

それでもなお、襲天隊が駆けずり回っているのは、敵機動部隊がこの海域に進出していた場合、明日以降にやってくる小沢機動部隊の脅威となるからだ。

先手必勝ではないが、先に発見できれば空母決戦に勝利できる可能性が高くなる。その点、広域索敵が可能な襲天を持つ日本側が、圧倒的に有利と思われていた。

だが……もしフィジーに複数ある滑走路のひとつでも奪還され、それが使用可能になれば、襲天の優位性は吹き飛んでしまう。

とくに、最近になって確認報告が相次いでいる米陸軍戦闘機P - 51Bムスタングの高性能は、フィジー各地で話題になっている（まだ米軍名は不明のため、たんに『新型液冷単発機』もしくは『液冷型飛燕に似た新型機』と呼ばれている）。

もしP - 51Bと襲天が対峙したら、襲天が勝てる可能性は一割以下だろう。

最大航続距離が三六〇〇キロと同じにもかかわらず、一方は純粋な戦闘機、一方は鈍重な対潜駆逐機では、もとから勝負は決まっている。

このことをもっとも承知しているのは、日本軍ではなく米軍のほうだ。

おそらくスプルーアンスは、襲天キラーの筆頭とすべく、P‐51Bを送りこんできたに違いない。陸上基地を防衛するのであれば、P‐47サンダーボルトで充分だ。P‐51Bの投入は、間違いなく遠距離での襲天殲滅《せんめつ》にある。

下手をするとP‐51B部隊による、フィジー周辺での『広域襲天狩り』が実施される恐れすらある。それだけ米海軍が、襲天をめざわりに思っている証拠だ。

P‐51Bが陸軍機なのは、たんに海軍の単発機で襲天の航続距離に対処できる機がないからにすぎない。もし海軍にP‐51Bのような戦闘機があれば、スプルーアンスは真っ先に投入していただろう。

じつは該当する機種が、今年になって開発計画として承認されている。ダグラスXBT2D‐1と呼ばれる、米海軍初の戦闘爆撃機（型番には試作機を意味する『X』がついている）がそれだ。

戦後にはAD‐1スカイレーダーと呼ばれるようになる傑作機だが、翼下に爆弾ではなく大型増槽を多数設置すれば、四〇〇〇キロを超える長大な航続距離を可能とするバケモノ機だ。

襲天隊にとって幸いだったのは、まだ開発計画段階であり、実戦配備までには一年以上の期間が必要なことだろう。それでも、確実にその時はやってくる。

それまでに日米講和が達成されていなければ、もはや日本には一パーセントの勝機もなくなる。

それは、誰も が願っていない未来だった。

「そういや……ここのところ、襲天の被害がえらく増えてる。なんか原因があるんじゃないか」

進路を変更してしばらくした後、三国が唐突に聞いてきた。

「ん？　中部太平洋でのことか」

「ああ、あの敵空母部隊との戦闘では、飛行艇母艦が撃沈されたことばかり話題になってるが、襲天も多数が撃墜されている。Ｆ４Ｆに落とされたぶんはしかたないが、敵空母に雷撃を実施した二機が、雷撃直前で撃墜されているのが気になるんだ」

　さすが操縦士だけに、三国は着眼するところが違う。

「撃墜の原因は、敵艦の両舷に数基増設された単装機関砲だって、報告にあったろ？」

　それなら菊地も知っている。撃墜された機が、最後の通信で知らせてくれたことだからだ。いわば飛行機乗りの遺言のようなものだけに、菊地たちもしっかり胸に刻んでいる。

「報告だと、撃ってきたのは一門だけだぞ？　どうも片舷に三門、全部で六門の増設らしいからな。実際には片舷三門であっても、艦の左舷後部から侵入してくる俺たちから見れば、一門しか対処できないから問題にならない。

　俺が気にしてるのは、実質的に一門の機関砲で落とされたかってことだ。おそらく増設機関砲は、対空用じゃなく対水上用……いや、雷撃機専用の機関砲だと思う。

　だから狙って撃ってくる。でも、たった一本の射撃線で撃墜するのは簡単じゃない。艦はつねに揺れているし、回避運動もしている。突入する襲天や雷撃機も、彼我の相対距離はつねに変化している。

　機関砲っていうんだから、たぶん最大射程は一〇〇〇メートルを超えるだろうけど、それらの悪条件を加えると、旧型襲天の雷撃地点となる七〇〇メートルだけに焦点を当てて狙ってるはずだ。

　それでもなお、命中する可能性は低いはず……。

七〇〇メートルに時限信管を調整していたら、それより遠い距離には届かんからな。

かといって、八〇〇メートルとか九〇〇メートルに調整していると、七〇〇メートル地点では素通りしてしまう。

それでも直撃すれば撃墜できるから、たぶん時限信管は八〇〇メートルとかに調整しておいて、七〇〇メートル地点までの一〇〇メートルは直撃を狙うと思う。

でもって撃墜された襲天は、いずれも七〇〇メートルで落とされている。これって変だろ？　圧倒的に断片被害で落とすほうが効果的なのに、直撃で落とされてるんだぜ」

三国の話には具体的な数字が多く入るため、聞いている側は混乱してしまう。菊地も、半分ほどしか頭に入らなかった。

「それ、七〇〇メートルに信管調整してただけだろ？　直撃と炸裂断片の両方の効果を得られるんだから、そうするのが普通と思うんだけど」

「お前……思ってたけど、相当に馬鹿だな」

「なんだよ！」

身も蓋もない言い方に、菊地もさすがに声を荒らげる。

「考えてもみろ。雷撃侵入している機から見て、前方の一点でさかんに炸裂する機関砲弾が見えたら、すぐ後続機に注意をうながすだろうが。

旧型襲天の雷撃推奨地点は七〇〇メートルだが、最大航続距離は一〇〇〇メートルだ。つまり八〇〇メートルで雷撃することもできる。

敵が七〇〇メートル地点を狙って時限信管を調整していることがわかれば、誰が七〇〇メートルまで我慢するかよ！」

「あ、なるほど」

素直に納得するのも菊地の特技だ。

「なのに、落とされたのは二機だ。ということは、時限信管の炸裂地点を確認できなかったってことだろ？　ということは、機関砲弾は七〇〇メートルで炸裂していないことになる。

いろいろ考えると、直撃しかあり得ないんだよ。だけど直撃だと、一門で一機落とすのも大変なのに、二機も落とされた事実が異常ってことになるだろうが」

「…………」

三国が説き伏せる口調になったため、菊地は黙るしかなかった。

ややあって、ようやく口を開く。

「いま考えても、わかんねーよ。もし知りたければ、俺たちが雷撃すれば、嫌でもわかるさ」

「簡単に言うなよ。確認できたけど撃墜されたじゃ、たまったもんじゃないぞ」

「でも、それしか方法がないじゃん」

ふてくされた菊地は、それなりに頑固だ。

これ以上言っても無駄と思ったのか、三国も黙りこむ。

この気まずい状況は、途中に二度の対潜哨戒行動を挟み、編隊がB地点に到達するまで続いた。

むろん、対潜哨戒の結果は空振りだった。

二人の会話は、この時点では無意味なものだ。なぜなら、米軍のVT信管のことは、いまだに日本側は察知していないからだ。

しかもそれは、とうの昔に配備を完了している高角砲用の情報であり、今回の機関砲弾用ではない。

VT信管は、砲弾が炸裂してしまうため証拠として残りにくい。現物を日本側が入手できていないのも、ことごとく自爆する設定のためだった。

そう考えると、空母ワスプが鹵獲されたのが去年の八月、VT信管が初めて配備されたのが去年の一二月というのは、偶然の結果とはいえ残念至極なことになる。

もしワスプにＶＴ信管付きの砲弾が残されていたら、いま頃日本軍は、余裕で対処法を実施できていただろう。

しかし、それでもなお……。

菊地と三国は、従来の戦法では通用しなくなると考え、自分たちなりに新戦法を編み出している。

そして新襲天の搭載する魚雷が、少し航続距離が増えた二式に換装となったことも、その新戦法には織り込まれている。あとは、これが『謎の敵装備』に通用するか、実戦で試すしかなかった。

たしかに、菊地の言う通りである。

「おや？」

三国が久しぶりに少し大きな声を出した。まだ菊地はスネているのか返事をしない。

「おい、右翼三時方向に、なにか見えないか？」

三国が真剣なことにようやく気づき、何気なく風防の右側を見る。前席は機首に近いため、斜め後方まで翼が邪魔にならずに見える。

たしかに……右翼の真横方向に、なにかがキラリと光った。

目を凝らして見ると、それは帰投中のＦ４Ｆとドーントレスの編隊だ。どうやらフィジー空襲任務を終えて帰還している途中らしい。

現在の高度が五〇〇メートルと低いのに同高度なのは、日本側の監視員やレーダーに探知されたくないためだろう。

「追尾する」

「おい！　今日は一六番機がいるんだぞ!!」

いつもの調子で敵空母を探すと言いはじめた三国に対し、菊地はすぐさま反論した。

菊地も内心では、新型になった二式五〇〇キロ航空短魚雷の威力を確認したいと思っている。しかし自分の個人的欲求のために、部下を危険に晒すわけにはいかない。

編隊長はどうすべきかと、最近の菊地はよく考える。その結果が出たのだ。

「俺たちが受けた命令は、該当海域における対潜駆逐と、敵艦隊に対する広域策敵だぞ？　命令にしたがってなにが悪い！」

軍の規律という観点から見れば、三国の言い分のほうが正しい。

「それじゃ、一六番機は帰すか？」

「馬鹿言うな。ちょうどいい実戦訓練じゃないか。俺たちが敵空母に雷撃した時も、似たような状況だっただろ？　後輩にも機会を与えてやるべきだろうが」

言われれば言われるほど、三国のほうが正論に思えてくる。

「でも、危険と思ったら、すぐ撤収命令を出すぞ」

こうなったら編隊長権限を行使するしかない。

「ああ、それでいい。それじゃ連絡してくれ」

結果……。

二六分後、菊地たちは見事、敵の軽空母部隊を発見した。

見つければ、即座に雷撃して逃げる。

それが襲天に課せられた唯一の戦法だ。

一六番機に先に雷撃させるため、超低空侵入させることにした。

菊地たちは後方二〇〇メートル／上空五〇メートルで、敵直掩機や敵艦の機関砲に対処するため支援行動に徹する。

一六番機が雷撃を実施したのち、立場を入れ換えて今度は菊地たちが雷撃、一六番機は支援にまわる。これが菊地たちが編み出した新戦法の一部である。

＊

「敵直掩機、まだ上空にいる！」

すでに敵軽空母部隊の輪形陣内に入っている。

幸いだったのは、敵は軽空母四隻に対し、護衛の軽巡が二隻、駆逐艦が一〇隻と少なかったことだ。

一隻の空母につき護衛三隻の割合のため、四隻で四方陣を形成している軽空母の左後方の一隻に狙いをつけて、高度一〇メートルで侵入するのは簡単だった。

輪形陣外縁の敵駆逐艦が気づいたのは、すでに陣形内に入った後だ。

案の定、舷側の機関砲のみが撃ってきたが、距離がありすぎるのか、届きすらしなかった。

「こちら伊藤。距離、一三〇〇、雷撃侵入路に乗った！」

「敵艦の機関砲に注意しろ。機体一機ぶん、左右に機体を揺らしながら侵入するんだ！」

これも新戦法のひとつだ。

機関砲の射線は、曳光弾の列となって視認できる。それを左右にかわすのにはコツがいるが、慣れれば難しくない。

問題は、雷撃の時にタイミングを合わせづらくなることだが、それも新戦法では解決済みだ。

「距離、一〇〇〇！　投下する!!」

一六番機は、まだ接水していない。

なのに、一〇〇〇メートルで雷撃を実施した。

高度は、なんと一メートル。今日の天気では波頭がフロート下面を洗う状況だ。

直後、一六番機がわずかに右へ傾いた。

見れば、右翼にある折りたたみ式の副フロートが降りている。

それが海面に接触した途端、大きな抵抗を受けた機体は右へ急旋回すると同時に着水した。

「よし、後は任せろ！」

三国の声。

むろん一六番機には聞こえないが、口にしたかったのだろう。

またたく間に菊地たちは、着水した一六番機を追い越す。

一六番機のほうは着水したばかりというのに、すでに機首は右斜め後方を向いている。見事な急旋回だ。その状態で、スロットルを全開にして離水行程に入ろうとしていた。

これが従来の接水雷撃法だと、まだ方向転換中だ。

着水直前の超低空で雷撃を実施し、次に機体を傾け、副フロートが接水した抵抗で方向転換と急ブレーキをかけ着水。その時点で、すでに脱出方向をむいている。

これが新戦法の中核をなす『急速転回雷撃法』である。

「くらえッ！」

菊地の叫びと同時に、機首にある一二・七ミリ長銃身機銃四挺が、これでもかと機銃弾をばらまきはじめる。

そのすべてが、敵空母の左舷後方にある一基の機関砲座に叩き込まれている。

距離六〇〇で、三国が旋回行動に入った。

高度を上げずに旋回するため、みるみる海面が近づいていく。

高度一〇メートルで旋回開始、一六〇度旋回終了時には、じつに高度二メートルまで落ちている。

練習した時には、三回に一回は着水を余儀なくされたほど難易度が高い旋回法である。

これが普通の軍用機なら、危なすぎて実施できない。着水が可能な飛行艇や水上機だけができる特殊な旋回方法だった。

――バッ！

いきなり機首下方の右舷側で何かが炸裂した。

「うわわっ！」

反射的に菊地は首をすくめた。

以前に機銃弾が頭部をかすめて負傷しただけに、これは本能的な行動だった。

「菊地！　右舷前方七〇〇の駆逐艦が、機関砲を撃ってきた。回避するぞ！　まず魚雷を捨てろ！」

その後に通信だ。貴様は見たままを通信で飛洋隊へ送れ!!」

言われて、慌てて敵駆逐艦のいるほうを見る。

たしかに、左舷前部にある一門が撃っている。

それを確認しながら、魚雷投下レバーを引く。

ガクンと衝撃があり、機体が見違えるほど身軽になるのがわかる。

その間に機関砲弾の射線は先ほどの射撃を終えて、ふたたび機体前方に戻っている。

「……!!」

前方を横切る曳光弾の列。

その列は、ずっと左翼の先まで延びている。

どこにも炸裂地点がない……。

ふたたび射線が近づいてきた。

三国は射線と交差しないよう、巧みに機体を操っている。魚雷を捨てた襲天は、戦闘機なみの機動が可能になる。避けるのは簡単だ。

急速に右へ旋回していく。

前方五メートルまで射線が迫った時、菊地機は射線に対して九〇度も右側を向いた姿勢になっていた。

――バッ！

いきなり、二発の機関砲弾が炸裂した。

あれほど炸裂しなかったというのに、接近した瞬間だけ炸裂したのだ。

「菊地、電信!!」

三国の声で、瞬間的にヘッドホンのプラグを無線電信機に入れかえる。

次に、座席右側に置かれている打信機を取り、左手で支えて打信しはじめた。

いまは報告に専念する。すべての判断は、部隊司令部がしてくれる。そう思った菊地は、先ほどの異常な光景を、これ以上詮索しないことにした。


結果的に……。

菊地機の被害は、VT信管付きの四〇ミリ機関砲弾の至近炸裂を受け、左翼の一部と双胴の右側一本に断片被害を受けたものの、飛行には支障なしとなった。

あとでわかったことだが、一六番機も左前部主フロート右側に断片被害を受けていたが、幸いにも防弾板で阻止したため被害軽微と判定された。

反対に、菊地が機銃弾を撃ち込んだ敵護衛空母ソロモンズの機関砲座は、機関砲手と装弾手二名が戦死、機関砲も機銃弾を浴びて損傷した。

また、一六番機が放った二式短魚雷は、ソロモンズの左舷艦尾に命中。二軸あるスクリューのうちの一軸を破壊し、艦体に損傷は与えられなかったものの、速度が半減、艦隊行動を不可能にさせることには成功した。

第22任務部隊は先にハルゼーが指揮している時、ミッションベイが軽度の速度低下を来す被害を受けている。そのため、二隻の護衛空母が損傷艦になってしまった。

どのみちソロモンズは離脱させて、サモアへ戻すしかない状態だ。すなわち、スプレイグ大佐がどのような判断を下すかによっては、今後の米側作戦に齟齬《そご》を来す可能性が出てきたことになる。

菊地と三国の二人とも、やや離れた位置で次々と炸裂する四〇ミリ機関砲弾を視認した。
子細はすべて無線電信で送られている。
『起爆距離が瞬時に変わる時限信管のようなもの』
広域護衛隊の司令部も、新型信管が採用されていることをはっきりと確認した。
またしても、菊地・三国コンビによる快挙であった。

第5章　太平洋の竜虎

1

一九四三年九月　南太平洋

運命の日となる九月一〇日。

その日の太陽が水平線を照らす少し前、午前四時四〇分……。

一〇隻を超える日本の巡洋型潜水艦が、フィジー本島の南西にある小さな湾――ボウア湾内に浮上した。

美しい弓状の砂浜を持つボウア湾には、地元漁民が住む小さな集落がある。しかしいまは、東一一六キロにあるスバから退避してきた日本陸軍の守備隊員第一陣六〇〇名が、住民にすら気づかれないよう息をひそめて待機している。

潜水艦一隻につき五〇名を乗せる予定のため、各潜水艦からは特製の木製組立式の小型ボートが下ろされ、列をなして海岸線をめざしていた。

同時刻、北西部のナディ守備隊は、南西二六キロにあるモミ湾の小さな浜へ直接乗りあげた甲種上陸輸送艦三隻が、守備大隊九〇〇名を残らず収容中だ。

この甲種上陸輸送艦は、米海軍の大型上陸用舟艇LCIL-1のデッドコピーに近い代物だ。

合衆国海軍が、ガダルカナル上陸の時に使用したLCIL-1を鹵獲した結果、日本海軍が使用している大発などの小型上陸用舟艇に比べて格段に優秀なことが判明した。

そこで急遽、軟鉄板張りと鉄骨骨組みという粗末な作りながら、先のフィジー攻略作戦用に二〇隻を間に合わせたのだ。

明らかな劣化コピーのため、とても連合艦隊に随伴できる代物ではないが、低速の輸送部隊にならついていける。

最大乗員三〇〇名という利点があるため、今回、フィジー撤収作戦に投入されたのである（所属は輸送部隊となっているが、実際には海防艦の護衛付きで、別途、ガダルカナルのイオネ補給基地を出発した後、マキラ島とニューヘブリディーズ諸島のルーガンビルを経由し、なんとか今日に間に合わせた）。

フィジー本島の二箇所で、総勢一五〇〇名。

これに対し、フィジー諸島全体に展開している日本軍は、陸軍と陸戦隊を合計すると一万四〇〇〇名に達するため、まだ全然足りない。

大半の守備隊は、集中攻撃を受けている市街地や基地周辺を避け、連合軍の上陸地点から遠ざかる方向で、潜伏しやすい密林内へ移動している。

今回の救出作戦は、あくまで緊急性が高い将兵――情報関連や機密関連、負傷兵（病兵は感染を危惧して含まれていない）などに限定したものだ。

残りは、本日まもなく戦闘海域に到着する小沢機動部隊を先陣とする連合艦隊が、本格的な戦闘に入った後で行なわれる予定になっている。

こちらは一万に達する兵員のため、連合艦隊に随伴している輸送部隊の本隊が担当している。必要があれば、三川軍一中将率いる支援隊が参加し、可能な限り撤収時の被害が少なくなるよう配慮されていた。

同時刻、フィジー北西六五〇キロ。

昼夜を貫き走りに走った第一機動部隊——小沢機動部隊が、なんとか予定海域へ到達した。

同海域には、昨夜遅くにカビエン広域護衛隊の全艦が到着している。

それ以前から、この海域の対潜哨戒と広域索敵はすませてあるため、小沢部隊は安心して突っ走ることができたのだ。

ただし、小沢機動部隊の護衛が、いまの時点ではカビエン広域護衛隊のみというのも事実であり、本日午後、栗田健男中将率いる警戒隊が遅れて到着するまでは、まだまったく安心できない状況である。

なお、栗田部隊より艦隊速度が速いはずの連合艦隊主隊は、安定した指揮を維持するため、現海域から北西一二〇キロ地点で停止し、角田覚治少将率いる第二機動部隊／第二〇航空支援艦隊の第二航空支援隊と共に警戒態勢に入っている。

つまり、現時点で動いている部隊は、小沢部隊への合流を急いでいる第二〇航空支援艦隊の第一航空支援隊と、フィジー諸島への支援作戦を実施しているラバウル広域護衛隊、そしてフィジー脱出作戦を支援するため、さらにフィジー本島へ接近中の支援隊のみとなる。

「カビエンの襲天が被害を受けたらしいが、子細はどうなっている？」

到着早々、小沢治三郎は酒巻宗孝参謀長に質問した。

場所は最新鋭の正規空母『大鳳』の艦橋だ。今回の決戦にむけて、小沢はあえて空母を旗艦に指定した。

それだけ大鳳の性能に惚れ込んだ結果でもあるが、自ら最前線に立つことで必勝の気概を示そうとしたのかもしれない。

「二機が敵軽空母部隊を発見後、雷撃を実施しました。その際に機関砲弾の断片被害を受けましたが、いずれも搭乗席とフロートの防弾板で食いとめ、軽微な損傷と報告を受けています。

雷撃は二発行なった模様ですが、命中したのは一発です。ただ、以前の九七式ではなく二式短魚雷のため、一発でもかなりの損傷を与えた模様で、敵軽空母の速力が半減、のちの偵察で戦列を離れた模様です」

酒巻参謀長は、前の参謀長だった角田覚治が第二機動部隊の司令長官へ昇格したため、新たに小沢の女房役として配属となった男だ。

海兵四一期卒で、前の役職は有馬部隊が編成される前の旧第一一航空艦隊参謀長だった。

有馬部隊の編成で、いずれ航空艦隊の司令長官につく前提での内地配属となっていたが、南雲の長官引退をきっかけに巻きおこった『玉突き人事』のせいで現場復帰となったらしい。

以前は軽空母鳳翔の艦長を担ったこともあるだけに、根っからの空母畑出身である。

「無事だったか、よかった。彼らには、まだまだ活躍してもらいたいから、戦う前に戦力を減らされては困る」

小沢は一連の海戦で、もっとも襲天の威力を身近で体験した一人だ。それだけに期待も大きい。

「可能ならば、彼らが逃がした軽空母部隊は、今朝の攻撃で潰したかったのですが……有馬艦隊の敵討《かたき》ちでもありますし」

敵の軽空母部隊は、二隻の損傷空母を抱えていては戦闘は無理と判断したらしく、菊地編隊による雷撃後、なりふり構わずサモア方面へ遁走しはじめた。

昨夕に最終確認された位置は、ニューヘブリディーズ諸島を出撃した九七式飛行艇が確認したトンガ諸島北西四八〇キロ地点となっている。

この位置は、いま小沢がいる地点から一〇九七キロ先となり、残念ながら航空攻撃の可能範囲から外れている。

しかも昨夕の時点の位置だから、いま頃はサモア近海まで逃げきったはずだ。

「いや、敵軽空母部隊のことはしばらく忘れよう。軽空母部隊が逃げたということは、代わりにサモア周辺の制空権を確保できる強力な部隊がいるという証拠だ。

有馬部隊を襲った攻撃隊に新型艦戦がいたと報告を受けている。現状で新型の米艦上機を乗せられるのは、新型の正規空母だけということがわかっている。

合衆国海軍が、またしても新型正規空母を主軸とする機動部隊を送りこんできたのだから、我々はそちらを撃破することだけ考えなければならない。それが南雲長官の後を継いだ者としての責務だ」

いまの小沢は、ただの部隊司令長官ではない。帝国海軍の至宝とも称される『華の一航艦』の長官なのだ。

ミッドウェイ以降、永らく第一航空艦隊は以前の威勢を回復できなかった。それがいま、ついに以前なみにまで復活したのだ。

新型の正規空母『大鳳』『雲龍／天城』に加え、歴戦の勇者たる『翔鶴／瑞鶴』を加えた五隻態勢は、以前の赤城を筆頭する四隻態勢と保有機数がほぼ同じとなる。

むろん、予想している米機動部隊の規模は、ミッドウェイの比ではない。だが、小沢は負けるつもりはない。

精強な新型艦上機と多数の襲天隊を駆使すれば、必ず勝機をつかめると信じている。

「本日の予定では、第二機動部隊が今夜の脱出作戦を支援するため、午前と夕刻の二回、フィジーの敵上陸部隊に対し航空攻撃を実施することになっています。

日没後には、輸送部隊から派遣される撤収輸送部隊を支援隊が護衛し、必要なら撤収地点となっているフィジー北東端のボリボリ岬周辺に対し支援砲撃を実施します。

フィジー本島以外は明日以降の撤収となりますが、撤収作戦に従事する部隊は変わりません。ただし、敵機動部隊の動きによっては、第二機動部隊は我々に連動することになっています」

「すべて承知している。それらも含めて我々は一切を無視し、ひたすら敵の主力機動部隊のみを追い求める。発見し撃滅するまで、ほかのことは考えない。いいな？」

「GF司令部から作戦変更命令が出てもですか」

新任なのに酒巻も度胸がある。

鋭い質問に小沢は一瞬だけ返答を躊躇した。

「……その可能性はない。なぜなら、いま言った我が部隊の基本方針は、山本長官から厳命されたことだからだ。たとえGF参謀部から作戦変更の進言があっても、山本長官が許可しない。よって考慮する必要はない」

さすがに、軍規違反になりかねない返答はできない。そこで小沢は、山本五十六に責任を負ってもらうことにした。

「そうですか。ならば、自分もそうしましょう」

これ以上言うと、小沢を追い込むことになる。そう考えたらしい酒巻は、納得したふりをして矛をおさめた。

「カビエン広域護衛隊から発光信号。今朝の広域索敵を開始したいが、許可を求むとのことです」

なんと大鳳の艦橋には、艦内電話が設置されている。

電話交換所は艦内にあるが、艦橋からは信号所／通信室／機関室／医務室／格納庫へ直通で電話ができる直結回線も設置されている。

いまの報告は艦橋上部にある信号所からのダイレクト連絡を、通信参謀が受けた上で報告したものだった。

「許可する。奮闘を祈ると送ってくれ」

敵の主力機動部隊を今朝の長距離索敵で発見できれば、すぐさま動きはじめることができる。そうなれば先手を取れる確率が上がる。

小沢の許可する声には、そのような祈りに似た思いが込められていた。

＊

同時刻、ツバル環礁の東方二三〇キロ。なんと、そこにハルゼー部隊がいる。

フィジーから北北東へ一六八〇キロ、サモアからは一〇三〇キロの海域だ。小沢部隊から見ると、東北東一二九〇キロ地点となる。

いずれの地点までも、かなり移動しないと航空攻撃隊が到達できない場所というのに、なぜハルゼーはそこに居座っているのだろう。

「さあ、日本の空母野郎ども。焦《じ》れて自ら居場所を明かせ。その時が最後だ」

夜明け前というのに、ハルゼーは軽巡クリーブランドの艦橋にある長官席でふんぞり返っている。しかも勤務中というのに葉巻までくわえていた。

先ほどの疑問は、ハルゼー自らが口にした短い言葉で、すべて説明されている。

完全な待ち伏せ戦法……。

それがスプルーアンスが立てた初動作戦だった。

「そろそろ連合艦隊が交戦海域へ入る頃ですね。目立つ行動は第22任務部隊に行なわせる予定でしたが、二隻の空母が被害を受けたためサモア南方海域まで撤収しています。この作戦の穴は、どうお埋めになられるのですか」

カーニー参謀長が、ハルゼーの機嫌を損ねないよう注意しつつも、聞くべきことは聞くといった態度で質問してきた。

「変更の必要はない。第22任務部隊の遁走を許可したのは、スプレイグが盛大に『逃げ』を演出してくれると信じたからだ。実際、あいつは派手に逃げてくれた。

だから、いまごろ連合艦隊は、第22任務部隊が逃げた先に注意がいっている。そのせいで、サモアを挟んで正反対の場所であるここなど、まるで眼中にないはずだ。

ただし、あくまで敵に発見されない大前提での話だけどな。もし発見された場合、敵機動部隊の居場所がわかっていれば、突進して奇襲攻撃を仕掛けるか、それとも一度サモアへ戻って、再び行方をくらますか判断する。

スプルーアンスの予定でも、俺の判断で大きく流れが二手に分かれるとなっている。むろん、どちらの流れの先でもスプルーアンスの指示は完璧だ。

ただし期限はある。日本側がフィジーの守備隊を撤収し終えるのに、最低で三日、最長では一週間を必要とする。

スプルーアンスはそう計算した上で、この期間内に俺が敵機動部隊を壊滅的状況に追い込めれば、合衆国は有利な状況で休戦に応じるきっかけを手に入れられるとなっている。

ということは、三日後から一週間後、敵守備隊がいなくなった時点で、勝負の行方はわからなくなるってことだ。その場合、よくて相討ち。最悪では比較劣勢での敗北になると言われた。

となりゃ、俺がやることは決まっている。発見即攻撃だ。敵の機動部隊が目をまわすほどの速度で突っ込んでやる。そして一撃離脱だ。深追いはしない。これを可能な限りくり返す」

ここにきて、初めてハルゼーの策が明らかにされた。

むろんカーニーは知っていたが、司令部要員以外の艦橋要員には初耳だったはずだ。

いかにもハルゼーらしい大胆不敵な策に、わっと喚声があがった。

と、その時。

報告が舞い込んだ。

「第13任務部隊、敵潜水艦の雷撃を受けました。現在、駆逐隊が対潜駆逐中とのことです」

第13任務部隊は、オルデンドルフ少将率いる旧式戦艦部隊だ。

昨夕までフィジー上陸作戦の支援砲撃をしていたが、連合艦隊が接近している可能性が高いため、いったん後方へ下がろうとしていた最中の出来事だった。

「第13任務部隊の位置は？」

カーニーの質問が航行参謀へ飛ぶ。

「フィジーのスバ東方二八〇キロ、まだフィジー諸島内です」

「ならばしかたないな。苦労をかけるが、そのまま撤収するよう伝えろ。どのみちフィジーに上陸した海兵隊と陸軍部隊は、ここ一週間ほど堪え忍んでもらうしかない。海が騒然としていては、島内にいるほうが安全だからな」

日本の守備隊が蜘蛛の子を散らすように逃げ出した以上、今度は米軍側の上陸部隊が島を死守することになる。

さすがにスプルーアンスも、ここまで素早く日本軍が逃げ出すとは思っていなかったらしく、上陸部隊には、日本守備隊と交戦しつつ島を確保するよう予定が組まれている。

いまのハルゼーの判断も、それに沿ったものだった。

「第13任務部隊の逃げ足は遅いので、敵機動部隊の餌食になりませんか」

当然の疑問をカーニーが口にした。

「貴様、前の戦いを……おっと前回は、貴様はいなかったな、すまん。

前回、我が方の戦艦部隊が、何度か敵機動部隊に攻撃されて当然の場面があった。しかし敵機動部隊は、頑固なまでに相手にせず、ひたすらスプルーアンスの機動部隊を追い続けた。

今回も同じだ。俺の部隊を無視して第13任務部隊を叩く必然性がない。以前よりも今回のほうが、空母機動部隊の重要性が高いのだから、双方とも最初に潰しておきたいと考えるはずだ」

前回、南太平洋にいなかったのはハルゼーも同じだ。なのにカーニーだけ『知らない扱い』は酷いが、あえてカーニーは言及しなかった。

「そういうことなら、ある意味、戦いやすいですね」

そう答えるにとどめた。

「おうよ！　時代は、いまや空母だ。戦艦なんぞ、陸地に穴をあける役目で充分。そして空母部隊を俺が指揮している以上、敵の空母部隊指揮官には痛い目にあってもらう。

とはいえ、俺はスプルーアンスほど慎重じゃないから、こっちも被害が出るかもしれん。しかし、相手もタダではすみません」

小沢も、思えば運があるのかないのか……。

米海軍随一の知将を相手に戦った後、今度は米海軍随一の猛将を相手にしなければならない。

いや、小沢は軍人として好敵手を得られるのは至高の幸せと思うかもしれない。こればかりは戦った後、当人に聞くしかないため、いまは不明だ。

わかっているのは、太平洋の竜虎と言うべき両者が、もうわずかな時を経て激突するという事実だけだった。

2

九月一〇日　フィジー近海

……夕刻。


第二機動部隊と第二航空支援隊は、フィジー支援のためバトア島北部へ移動している。本日夜に実施される、バトア島撤収作戦のためだ。

島の二箇所へ上陸した米陸軍部隊に対し、朝と夕刻の二回、航空攻撃を実施する予定になっていた。

これに連動し、サモアの陸上航空隊から支援の戦闘機隊が出ている。

バトア島の撤収地点となっている東部のサカー二北東二〇キロ地点は珊瑚礁がなく、舟艇が突入しやすい砂浜がある地形のため選ばれた。

だが同時に、サモアから一〇〇〇キロしか離れていないため、米陸軍のP‐51BとP‐38による撤収阻止作戦に晒されてしまった。

フィジー周辺は米軍にとって上陸した場所であるものの、まだ制空権を奪取できていない敵地でもある。そこで、サモアへ撤収していたフィジー航空隊を含め、往復できる長距離戦闘機を出して、日本空母による航空支援を阻止しようと考えたらしい。

結果、撤収地点上空で激しい空中戦が巻きおこった。

第二機動部隊の隼鷹に搭載されている紫電改は

健闘したが、他の軽空母四隻の零戦隊は大被害を受けた。爆撃支援のため出た駿星／雷天も被害を受け、まったく想定外といった状況で逃げ帰ることになった。

この時点での艦上機の被害は、作戦遂行上の障害となる。だが、それ以上の大問題が、この時、日本側に知られないまま進行していた。

帰還を急ぐ空母航空隊を、密かにカタリナ哨戒艇が追尾していたのだ。

第二機動部隊の位置は、バトア島の撤収地点から北北西へ四一〇キロ。駿星／雷天の航続距離を考えると妥当な位置だが、そこはハルゼー部隊が潜んでいる場所から七二〇キロしか離れていなかった。

「サモア所属のカタリナが、敵空母部隊を発見！フィジー上陸部隊の敵機観測も同時に傍受。敵戦闘機に強力な新型機がいるとのことです。P-38では太刀打ちできず、P-51Bでようやく対等だったそうです!!」

通信参謀の大声を、ハルゼーは長官席で聞いていた。

「新型艦戦だと？　間違いないか!?」

「はい。複数の確認がありますので確報です！」

いきなりハルゼーが立ちあがった。

「全航空隊、直掩機を残し全力出撃だ！」

すぐにカーニーが参謀長命令を下す。

「第1空母隊と第2空母隊、全艦出撃せよ！　目標、敵空母部隊!!」

すでに発艦準備はすませてある。命令さえあれば、即座に艦爆隊から出撃する手筈になっていた。

「ついにつかまえたな。新型機がいるのは、敵の主力機動部隊だけだ」

ハルゼーの生涯における最大の勘違いであった。

たしかにスプルーアンスの報告では、先の南太平洋海戦における日本空母は正規空母以外、零戦を搭載していたとなっている。

これは今回も同じなのだが、正規空母扱いながら速度がやや遅い隼鷹が、第二機動部隊へ配備されたことが、ハルゼーの勘違いを誘発したのである。

*

まったく予測していなかった時点で、第二機動部隊は米海軍の主力機動部隊の総力攻撃を受けてしまった。

まさに一方的な袋叩き……壊滅的被害である。

米艦上機は空母のみに攻撃を集中した。そのせいで、軽巡『川内』を旗艦に定めていた角田覚治は無事だったが、軽空母『瑞鳳／龍鳳／千代田／千歳』の四隻すべてが撃沈された。

隼鷹も一発の五〇〇キロ爆弾を前部甲板に受け、余波で艦首部を大きく損傷している。むろん発艦不能であり、継戦も不可能だ。まさに壊滅である。

だが、そのような壊滅的状況にありながら、角田は、最大出力で航空攻撃を受けたとの報告を発信させた。

通信の相手はあえて定めず、全方位に最大出力で、何度も同じ電信を平文で送り続けたのだ。その意義は『第二機動部隊の周囲八〇〇キロ以内に、敵主力機動部隊がいる確証が得られた』ことにある。

つまり角田は、もはや自分が戦えないと悟り、小沢部隊へ敵討ちを願ったのである。

「作戦海域にいる全襲天隊と対潜水上機隊、大型飛行艇に対し夜間出撃を要請せよ。索敵をできるだけ行ない、敵の主力機動部隊を発見できなかった場合には、着水して夜明けを待て。翌朝、その場から索敵を再開せよ。なんとしても見つけるのだ！」

戦艦武蔵の艦橋に山本五十六の厳とした声が響いた。

この命令、じつは黒島亀人が山本五十六へ伝えた索敵方法である。

敵の主力機動部隊の存在が濃厚となった場合、昼夜を問わず、全力で索敵を実施する。そして翌朝までに必ず発見し、味方空母攻撃隊で殲滅する……。

さすがに第二機動部隊の壊滅までは予測していなかったが、状況的には黒島の想定した範囲内で動いていることになる。

出撃する襲天／零式対潜水上機／大型飛行艇は、総数なんと九六機。

前代未聞の大規模広域索敵、しかも着水して明るくなるのを待って再索敵を実施するのだから、航続半径内にハルゼー部隊がいれば、まず間違いなく発見できる。

問題は、発見地点が小沢機動部隊の攻撃半径内であるか否かだけだ。

それを少しでもカバーするため、小沢機動部隊とカビエン広域護衛隊／第一航空支援隊は、出せる最大の艦隊速度で東進し始めている。

とはいえ、カビエン広域護衛隊と第一航空支援隊の速度が遅いため、二〇ノットにも達しない。

しかし小沢は、彼らの護衛を捨てて突進する愚は犯さなかった。

＊

一一日朝、フィジー近海。

第二機動部隊に随伴していた第二航空支援隊は昨夕の敵襲の時、バトア島の南部にあるサブサブに上陸した米軍部隊を牽制するため、やや西の五〇キロ地点にいた。そのため幸運にも、ハルゼー部隊の奇襲を回避できた。

だが、第二航空支援隊を指揮している前島辰巳大佐は、第二機動部隊を守れなかった口惜しさを隠そうともせず、敵機動部隊を意地でも発見し、襲天隊で雷撃する覚悟を固めていた。

そこに、山本五十六の命令（第二航空支援隊は連合艦隊隷下のため命令になる）が届いたのが、昨日夕刻のことだった。

命令を受けた前島は、指揮下にある飛行艇母艦『山陽丸／晴鳥／風鳥／波鳥』の新襲天二〇機と零式対潜水上機八機すべてを発艦させた。

全方位における中域／広域の二段階索敵である。

そして、一一日の午前五時二分。

『山陽丸襲天隊二番編隊の二機、フィジー方面へ移動中の敵空母部隊を発見！　敵艦隊は大規模。大型空母三隻、軽空母三隻を確認！　位置はバトア島北北東五五〇キロ‼』

第二航空支援隊が、ついに大金星を射とめた。

山本が求めていた情報が、いまここにある。

「宛て先なしで敵機動部隊発見を発信せよ」

まずはGF司令部と小沢部隊へ知らせなければならない。前島は迷わず命令を下した。

それが終わると、今度は自分の艦隊参謀部に対し、新たな命令を下しはじめる。

「出撃中の全襲天隊、敵艦隊発見地点へ到達可能な機は、すべて急行して雷撃を実施せよ。攻撃不可能な機は、ただちに帰投せよ。すぐに送れ！」

佐久間泰造少将が率いている第二〇航空支援艦隊、そこに所属する第一／第二航空支援隊は護衛総隊に所属する襲天隊とは違い、最初から連合艦隊に参加し、索敵で敵艦隊を発見したら、ただちに雷撃を実施する目的で配備されている。

そのため所属する襲天は、すべて雷撃能力を向上させた新襲天である。

小沢部隊の航空攻撃隊が到着する前に、まず襲天隊が遊撃的に奇襲をかける。それで敵艦隊が混乱したところを、小沢部隊がトドメを刺す……。

まさに勇猛果敢な二段階攻撃だが、これは襲天の特性を海軍が理解していないゆえの愚策である。VT信管の件を考慮すると、恐ろしい被害が出る。

もしかすると黒島亀人は、それすら予測しているかもしれないが、たとえ襲天隊が全滅しても、魚雷の一発でも命中させ、混乱により敵空母の足を少しでももとめさせればよいと考えているのかもしれない。

その視点からすれば、前島の命令は、まさに黒島の意図するものであった。

3

九月一一日朝　フィジー近海

ハルゼー部隊が、意気揚々とフィジー方面へ移動している。

日本の主力機動部隊を壊滅させたと信じているせいか、巡航速度での移動である。

「勝ったな……」

ハルゼーの口から初めて勝利の言葉が出た。

「ハワイへ打電しますか」

勝利の報告は、最優先で行なえと言われている。それを律義に守ろうとカーニーがあえて進言した。

「敵の主力機動部隊は殲滅したが、まだ連合艦隊の水上打撃部隊は残っている。まあ、空母航空隊の支援なしに、いまの俺たちに突進してくるのは自殺行為だがな。

だが、もしニューへブリディーズ諸島まで下がって、敵の陸上航空隊の支援を受けつつ抵抗するとなると、なかなか潰すのが難しくなる。

その場合、確実な勝利を得るには、少し時間が必要になるだろうな。敵の陸上航空隊を俺たちが潰すあいだ、シャーマンの打撃群を使って水上決戦を挑むことになる。

むろんシャーマンには、支援部隊として別動の第13任務部隊を預ける。これなら連合艦隊の戦艦数を上回るから、正面から打撃戦を挑んでも負けはしない。

ただ、敵には例の巨大戦艦がいるから、負けはしないが勝てる確証はない。そこで、最低でも一度は敵水上打撃部隊に対し、俺たちの航空攻撃隊を出す必要がある。

そこらへんの算段は貴様に任せるから、できるだけ早く勝利を確実なものにしろ。勝鬨《かちどき》をあげるのは、その後でいい」

もしハルゼーが考えている状況であれば、たしかに連合軍側が圧倒的に有利だ。

しかしそれは、盛大な勘違いによる錯覚にすぎない。それをハルゼーは、まもなく思い知ることになる。


「敵襲!」

そろそろ朝飯を食べに行こうかと思いはじめたハルゼーの耳に、予想外の声が聞こえてきた。

「なんだ?」

反射的に質問する。

返事をしたのは、軽巡クリーブランドの艦橋監視所に通じる伝音管のそばにいる艦橋連絡員だった。

「艦隊の全方向から多数の小型飛行艇が接近中!

距離は四〇〇〇以内。超低空による接近のため、発見が遅れたそうです!!」

「話題になっている飛行艇か？　他の航空攻撃隊はいないのか？」

確認するようにハルゼーが質問を重ねる。

敵機動部隊は潰したのだから、いま来るとなれば、敵の陸上航空隊と飛行艇部隊だけのはずだ。そう思っての確認だった。

「確認したのは飛行艇のみです！」

「全艦、対航空水雷戦！」

カーニーが聞きなれない命令を発した。

ハルゼーの命令を待たずの参謀長命令だが、一秒を争う緊急時は許される。

これは空母直掩機に対する命令でもあるが、主は各艦の舷側に新設した対水上機関砲座に対するものである。

「すまん、遅れた」

素直にハルゼーが謝った。

「いいえ、四〇〇〇メートルしかないのであれば、まさに緊急事態です。間に合えばいいのですが」

「緊急サイレンがあるから大丈夫だろう」

予想しない航空機奇襲に対処するため、各艦には緊急を知らせる空襲サイレンが設置されている。

これまで使われることは少なかったが、今回初めて役に立ちそうだ。

「しかし、これで我々の居場所もバレてしまいましたね」

「今朝からレーダーを使ってるんだから、バレるもクソもない。日本の機動部隊がいなくなった以上、フィジー海域は俺たちが制空権をとったも同然だ」

ならば、身を隠す必要もない。それどころか、率先して居場所を明かし、残りの連合艦隊を誘い出す策すらスプルーアンスは用意している。

誘い出して叩き潰す。これができれば、最速で勝利が確定する。ならば積極的に正体を現わし、上陸した味方部隊を支援しつつ、あとは待機すればいい……」

得意げに言ったハルゼーだったが、その声は途中で報告にかき消された。

「イントレピッドの左舷後方部に雷撃一、命中！」

飛来した襲天は三八機。これが攻撃可能な範囲にいた全機だ。

その三八機が、三隻のエセックス級空母の全周から同時に雷撃突入を仕掛けたのだから、いかに護衛の艦や空母の対水上機関砲が奮闘しても、撃ち漏らしが出てくる。

「小型飛行艇の魚雷は小型で威力も小さいと聞いている。一発でエセックス級を戦闘不能にはできんだろう」

たしかに、スプルーアンス部隊にあった唯一のエセックス級空母『エセックス』は、襲天の魚雷を四発も受けたが、速度低下を来しただけで戦闘を継続している。

むろん、今回の魚雷は威力を倍増させた二式のため、それなりの破壊力を持っているが、それでも一発で大型正規空母を行動不能にはできない。

「ヨークタウンⅡの右舷前方に命中！」

二隻めの被害を聞いたハルゼーの顔が、やや歪《ゆが》んだ。

「ちゃんと迎撃しているのか!?」

「全艦全機、全力で行なっています。すでに多数の飛行艇を撃墜しているものの、敵は執拗に攻撃を諦めません！」

日本海軍の作戦艦隊に襲天を預ければ、遠からずこうなる。これまでは護衛総隊所属の襲天のみだったから、まだ抑制した行動ができていたのだ。

「この際だ、徹底的に撃ち落とせ！　小型飛行艇など役に立たんことを知らしめるんだ!!」

たとえ被害が出ても、これから先、小型飛行艇を出撃させるのを躊躇するほどの被害を与えれば、結果的には利のほうが大きい。

そう考えたハルゼーは、最後まで強気を貫く姿勢を見せた。

だが……。

その強気を一気にへし折る報告が、レーダー室から舞い込んできた。

『西方向から航空機の大編隊が接近中！』

それは、いるはずのない日本空母の航空隊であった。

＊

一一日午後。

プカプカと、一機の新襲天が波間を漂っている。

しかも半分水没している。左翼の半分と双胴の尾部は水中に没し、かろうじて主フロートのおかげで浮いている格好だ。

右翼の先の三分の一はちぎれ飛び、胴体や搭乗席の横には機関砲弾の破片が喰いこみ、機銃の弾痕もあちこちにあいている。

少し斜めになった右翼の付け根付近に、寝転がる菊地と三国がいた。

「また襲天をダメにしちゃったなー。怒られるかなー」

呑気に空の雲を見上げながら、菊地が無駄口を叩いた。

二人の乗る襲天はハルゼー部隊発見の報を受けた時、ツバル諸島付近を広域索敵中だった。

まだ往路の途中であり、二〇〇〇キロ以上飛べる燃料が残っていた。そこに敵発見の報告と、全襲天隊に対する連合艦隊の攻撃要請が届き、攻撃範囲内にいた菊地たちも参加したのである。

それにしても……。

今回は、以前にも増して派手にやられている。

二人が無事なのが奇跡のようだ。

激しい直掩機の銃撃を受け、さらには雷撃突入時に機関砲弾の断片まで浴びた。

雷撃には成功したが、結果は確認していない。

傷ついた襲天をなんとかなだめすかして低空退避し、ここまで飛んで来たのだ。

三国は飛ばすだけで精一杯だったし、菊地は状況を打電するため必死だった。

そして結果的に、またもや力つきて漂流待機となったのである。

「戦闘結果、知りたいなあ」

黙っていた三国が、ぽつりと呟いた。

戦闘の状況を知りたければ、無線電信機を起動して傍受すれば、それなりの情報を手に入れられるはずだ。

それをしないのは、自分たちの救出要請を定期的に打電するため、電池を温存しなければならないからである。

今回の被害は編隊僚機……部下を助けるために無理をした結果だ。

しっかり敵空母の左舷後部に短魚雷を撃ち込んだ、その直後に右翼をＦ６Ｆの機銃弾がもぎ取った。

部下の鹿島・伊藤機は機関砲弾の断片被害を受けたらしいが、着水するほどではなかったらしい。

おそらくいま頃は飛洋へ戻り、編隊長機が着水したことを報告しているはずである。

「無線機を起動してもいいけど、そのぶん電池が減るぞ」

「肝心な時に電池切れは嫌だなあ……」

たとえ上空に味方機を見かけても、こちらを確実に発見してくれるとは限らない。

その時に、ここぞとばかりに無線電話と無線電信で呼びかけ、下に自分たちがいることを認識してもらうことが救出の第一歩となるのだ。

「無線の電力も大事だけど、飲料水が手持ちのサイダー二本のみだぞ。飲んじまったら、その後が大変だ」

「前回みたく、すぐ救援に来てくれるんじゃないのか」

いつもは臆病な三国が、なぜか楽観的だ。

もしかすると悲観的に考えると恐いから、わざと考えないようにしているのかもしれない。

「救援要請は出したけど、朝に航空決戦が実施されたばかりだから、状況によっては救援できないこともあり得る……」

三国の気持ちなど考慮しない菊地が、ダメ押しのようなセリフを吐いた。

「うわー、今度ばかりはダメかなあ」

途端に三国は泣きそうな顔になった。

「まだ生きてるんだから、なんとかなるさ」

今度は菊地が虚勢を張らなければならなくなった。

まさに、いいコンビである。

しばらくして……。

一機の襲天二二型が飛んできた。

慌てて前席に飛び乗る菊地。しばし無線のやり取りがあり、どうやら確認してくれたようだ。

着水して接近、となり合わせで停止して初めて、カビエン護衛隊の天洋飛行分隊に所属する第一四編隊二九番機だとわかった。

「うわー、助かったー。よく見つけてくれたな！」

第一四編隊長の結城保少尉から水筒に入った水を受けとりながら、菊地はお世辞抜きの感謝を口にした。

にした。

三国も前席担当の瀬堂幸三郎兵曹長から握り飯をもらい、ようやく生きた心地がしてきたような顔になっている。

「助けるもなにも……カビエン護衛隊の総力をあげて菊地機の捜索を実施するって、あの秋津司令が大声で命令したんだ。

うちの護衛隊でも二機が撃墜され、菊地機を含めて三機が着水漂流中なんだけどな。

捜索のため再出撃できた機は六機だけ。他は被弾して修理しないと飛べない。そんな状況なのに死ぬ気で探して来いって、凄い剣幕だったんだぜ」

結城少尉は菊地と三国が同階級で気楽なため、言わなくてもいいことまで口にしている。

「でも発見できたから、それでよしとしよう。ただし、俺たちの襲天に乗せる余裕はないから、どこかの大型飛行艇が迎えに来るまで、一緒に待ってやるよ」

本来なら、発見したら本隊に戻るべきだが、律義に機体を並べて待つと言い出した。

菊地機の損傷が激しいため、いつ沈没するかわからない。その場合、結城機に移動して待機できるぶん、いてくれたほうが心強いのは確かだ。

「そりゃありがたい。でも、作戦に支障を来さないか？　ただでさえ機数が減ってるんだろ？」

菊地の質問に結城が驚いた表情を見せた。

「あ、貴様ら、戦闘結果を知らんのか」

「うん、知らない」

「大勝利だ。敵の正規空母三隻、軽空母も三隻を撃沈した。敵空母は全滅だ。味方の被害も大きかったが、それを差し引いても大勝利と言っていいと思う。

正規空母の一隻は、貴様らが雷撃したことで大幅に速度低下を来していた。それが原因で、空母攻撃隊が真っ先に撃沈したそうだ。

なんでも、あっという間の撃沈だったらしいぞ。それが発端となって敵の統率が乱れ、次々に戦果をあげられたらしい。まったく……貴様らは、どこまで凄いんだ！」

とうとう同僚にまで、手放しで絶賛されてしまった。

菊地機と部下の鹿島機は、一隻の敵空母に二発の魚雷を命中させている。二発の魚雷は敵空母の艦尾に命中したため、おそらくスクリューすべてを破壊したのだろう。

動力を失った空母など、いかに新鋭でも標的以下の存在だ。日本の新型艦上機にかかっては、たしかに『あっという間』に沈められる。

「おい、握り飯だ」

自分のぶんを食べ終えた三国が、菊地に一個さし出す。

その握り飯は南海の陽光を浴びて、ほんのりと温かく塩辛かった。

かくして……。

二人は夕刻近くになって、ようやく北ガ島所属の二式対潜飛行艇により救出されたのである。

菊地と三国の戦争は、ここで幕を閉じることになる。

連合艦隊は南太平洋全域の島々に散らばっている陸上部隊を回収するため、五日間ほど居座った。その後、比較優勢という戦果のみを抱いてソロモン方面へ去った。

カビエン広域護衛隊もその間、連合艦隊の支援のため行動を共にしたが、愛機をまたしても失った菊地と三国は、ふたたび駆逐艦『峯風』へ連絡士官として送りこまれた。

そして戦況の推移を知ると共に、同僚の襲天隊がかなりの被害を出しつつも、敵の戦艦部隊などに追い撃ちをかける様子を、護衛隊司令部と共に見守った。

秋津はあとで二人を呼び、こう告げたという。

『今回も貴様らは大戦果をあげた。この状況だと近い将来、襲天分隊長の中尉に昇格することになるが、それでいいか？

それが嫌なら、本土に戻って飛行艇訓練隊の上級指導員になる道があるが、どっちを選んでも許諾してもらえるよう配慮するぞ』

どうやら海軍上層部で、二度めの遭難をしでかした二人を、これ以上、現役飛行隊員としておくのは得策ではないと判定が出たようだ。

すでにエースというだけでなく、海軍の英雄扱いまでされている二人が万が一にも戦死したら、誰かが責任を取らなければならない。

それを回避するためには安全な内地へ戻し、教官職を与えて後輩育成に専念してもらうしかない。どのみち、まもなく戦争は終わる。

今回の海戦結果により日本は実質的に米海軍と、同比率の被害を受け、おおよそ八ヵ月間、双方ともに太平洋海域で大規模な戦闘が不可能な状況に陥った。

空母こそ日本が多く残せたが、米海軍の大増産を考えると、すぐに追いつかれることは目に見えている。それも加味しての同比率被害である。

日本はただちに休戦を実現すべく動きはじめた。海戦結果が判明した直後から中華民国政府に対し、オーストラリアへの仲介を強く要請しはじめたのだ。

仲介を受ける条件として、一ヵ月間のオーストラリア本土に対する攻撃停止まで提示した。

何も知らされていなかった帝国陸軍は抵抗した

が、最終的には御前会議で御聖断が下り、日本は休戦へ向けて舵を取った形となった（陸軍が折れたのは、海軍が提示した講和条件が予想以上に日本有利だったせいと思われる）。

オーストラリア政府はインド総督府を経由して、別途に英国政府から休戦仲介に応じるよう、なかば脅迫に近い要請を受けていた。それもあり、事はとんとん拍子で進みはじめた。

合衆国は表に出ないものの英国支援のため、すでに欧州戦線への直接参戦を決めている。それを可能な限り早期に実現するためには、なんとしてもオーストラリアの仲介が必要であり、これは連合国の総意と受けとられたのだ。

中華民国の要請をオーストラリア政府が承認したのが九月二二日。

連合艦隊が去った南太平洋を、カタリナ哨戒艇と陸軍のダグラスC‐54スカイマスター四発輸送機（最大航続四九九〇キロ）で中継して、さらにサモアからハワイまで移動、ハワイの太平洋艦隊司令部へオーストラリア政府特使が到着したのが九月二八日。

ハワイには、合衆国副大統領のヘンリー・A・ウォレスと海軍のキング作戦本部長が到着していた。

ただちに合衆国側が休戦会議へ出席するためのお膳立てが始まり、非公式ながら、日本から合衆国に対し休戦要求があったことが、ハワイの民間ラジオ放送を通じて太平洋全域へ放送された。

同じ頃、中華民国政府も日本側特使の野村吉三郎の働きにより、張学良を特使として日本へ送るプランを実行することになり、一〇月一日、日本側が用意する航空機で東京入りすることが決定した。

最終的に休戦交渉を行なう場所は、合衆国が希望したハワイではなく、日本が占領中のグアムになった。これは合衆国の絶対条件として、グアムの返還とフィリピンの解放が入っていたためだ。

フィリピンは合衆国の植民地として返還されるのではなく、あくまで将来の独立を見越しての日米共同管理地とすることが決定した（当面は双方の治安維持部隊のみ駐屯）。

そして、合衆国とフィリピンを結ぶ航路の途中に、アメリカ領のグアムが不可欠と主張されたため、グアムには米軍の軍港を一個と陸軍基地を一個置くだけという制限付きでの返還が合意された。

同様にサイパンにも、日本側が同じ条件で軍港と基地を置くよう削減措置がとられ、マリアナ諸島は両国にとって、太平洋方面における軍縮の象徴として扱われることになった。

領土に関しては、ソロモン諸島とラバウル一帯（カビエンを含む）、パプアニューギニア全域（ポートモレスビーを含む）、セレベス島・旧蘭領が日本の統治領となった。

シンガポールは日本委任領（一〇〇年委任条約）。ボルネオは英国に返還ののち、日本に資源開発と輸出の優先権を与えることが決定している。

その他の地域（ベトナム・ビルマなど）は独立を前提として、当面は旧宗主国と日本の共同管理となった。

満州には、ソ連監視のため米英軍の駐留基地を数箇所認める代わりに、引き続き日本軍の駐留と満州帝国の連合国すべての承認が実現した。満州鉄道の利権は日本にあるが、一定枠の米英使用権が認められ、米英の民間企業による満州進出への道が開くことになった。

中国は、蒋介石政権に主権があると認めた上で、中国国内の安定を維持するため、日中講和条約の締結と最低必要な日本軍の治安維持部隊の駐屯（あくまで中華民国軍と協力して治安維持するという条件付き）を認めた。

　蒋介石はあらためて南京を首都に定め、共産主義を正式に禁止する公布を行なった。この方針を米英両国が支持したため、ソ連はついに形骸化していた国際連盟を脱退し、独自の社会主義路線を歩みはじめた。

　山東半島の領有はそのままになり、中国大陸における日本の玄関口となった。香港は英国に委任。上海は戦後も国際解放都市として、タックスヘイブンを含む大がかりな経済実験の地となった。

　南太平洋は、全域を旧宗主国へ返還することになった。代わりに中部太平洋の旧ドイツ領はすべて日本領（委任統治ではなく正式の領土）へ、マーシャル諸島は米軍が上陸したウトリク島以外の全域を日本領として認めた。

　米軍はウェーク島から撤収した上で日本へ返還。アリューシャン列島は、アッツ島までの西側は日本領、それより東は合衆国領となった。

　全般的に、日本が南太平洋とオーストラリアに対する覇権を全面放棄することと、満州と中国に関して連合国の関与を認める見返りとして、東南アジアと中部太平洋においては日本側の覇権を拡大する方向で調整されたのである。

　だが……。

　欧州方面では、新たな戦いが始まろうとしている。

　日本は局外中立を実現するため、一一月一日をもって日独伊枢軸同盟からの単独離脱を宣言した。激怒したヒトラーは、日本に対し宣戦布告も辞さずと恫喝したが、実際に布告は行なわれなかった。

　なぜなら日本に宣戦布告すると、戦争中のソ連の味方となる可能性が出てくるからだ。せっかくシベリア方面を日英米で牽制する状況ができたのに、それをぶち壊す愚をヒトラーは犯さなかったことになる。
こうして……。
日本の太平洋戦争は終わったのである。
（帝国海軍よろず艦隊　了）

■作戦部隊（日本）

◎中部太平洋派遣艦隊（第三／第五艦隊より派遣）

主隊（草鹿任一中将）
　重巡　足柄
　軽巡　名取
　駆逐艦　5隻

警戒隊（平井泰次大佐）
　第一二駆逐戦隊　軽巡球磨　駆逐艦5隻
　第一四駆逐戦隊　駆逐艦6隻

第一〇航空艦隊（松本毅少将）
　低速軽空母　大鷹／雲鷹／沖鷹　※零戦三二型／駿星／雷天
　軽巡　天龍（対空改装）
　駆逐艦　4隻
　海防艦　8隻

中部支援部隊（眉月貫吾少将）
　第一広域警戒戦隊（横須賀護衛総隊直轄／眉月貫吾少将）
　　飛行艇母艦　磯灘／雪灘／守灘／風灘
　　　※襲天三二型　12機
　　広域海防艦　〇一／〇二／〇三／〇四
　第二広域警戒戦隊（横須賀護衛総隊直轄／岬豊大佐）
　　飛行艇母艦　潮灘／青灘／星灘／霧灘
　　　※襲天二二型　12機
　　広域海防艦　〇九／一〇／一一／一二

◎連合艦隊

主隊（山本五十六大将）
　戦艦　武蔵／大和
　　　　長門／金剛／霧島
　軽空母　祥鳳　※零戦四三型
　重巡　熊野／利根／最上／筑摩
　軽巡　多摩／長良
　駆逐艦　14 隻

警戒隊（栗田健男中将）
　戦艦　比叡／榛名
　重巡　愛宕／高雄／摩耶
　軽巡　由良
　直衛駆逐艦　8 隻
　第一〇駆逐戦隊　軽巡　那珂　駆逐艦　6 隻
　第一一駆逐戦隊　軽巡　鬼怒　駆逐艦　6 隻

支援隊（三川軍一中将）
　戦艦　山城／扶桑
　重巡　妙高／羽黒
　軽巡　木曽
　駆逐艦　8 隻

第一機動部隊（小沢治三郎中将）
　空母　大鳳／雲龍／天城　※紫電改／彗星／流星
　翔鶴／瑞鶴　※紫電改／彗星／流星
　軽巡　阿賀野／能代／矢矧／五十鈴（対空改装）
　駆逐艦　14 隻

第二機動部隊（角田覚治少将）
　空母　隼鷹　※紫電改／彗星／流星
　軽空母　瑞鳳／龍鳳／千代田／千歳

※零戦四三型／駿星／雷天
軽巡　川内／神通／夕張（対空改装）
駆逐艦　10隻

第一一航空艦隊（有馬正文少将）
低速軽空母　海鷹／神鷹／海燕／白燕
※零戦三二型／駿星／雷天
軽巡　龍田（対空改装）
駆逐艦　4隻
海防艦　8隻

第二〇航空支援艦隊（佐久間泰造少将）
第一航空支援隊（佐久間泰造少将）
飛行艇母艦　神洋丸／海鳥／天鳥／大鳥
※新襲天20機／零式対潜水上機8機
広域海防艦　新海〇一～〇八
第二航空支援隊（前島辰巳大佐）
飛行艇母艦　山陽丸／晴鳥／風鳥／波鳥
※新襲天20機／零式対潜水上機8機
広域海防艦　新海〇九～一六

■作戦部隊（合衆国）

◎中部太平洋方面部隊

第12任務部隊（レイモンド・A・スプルーアンス中将）
　護衛空母　カサブランカ／リスカムベイ／コーラルシー／
　　　　　　コレヒドール
　軽巡　アトランタ／サンファン／デンバー
　駆逐艦　10隻

第14任務部隊（ラルフ・E・デビソン少将）
　戦艦　ネヴァダ／ペンシルヴァニア
　軽巡　コンコード
　駆逐艦　6隻

◎南太平洋方面部隊

第6任務部隊（ウイリアム・ハルゼー中将）
　空母群（ウイリアム・ハルゼー中将直率）
　　第1空母隊
　　　正規空母　ヨークタウンⅡ／イントレピッド／ホーネットⅡ
　　　軽巡　クリーブランド／サンタフェ／デンバー／コロンビア
　　　駆逐艦　12隻
　　第2空母隊
　　　軽空母　インデペンデンス／カウペンス／モントレイ
　　　軽巡　コロンビア／バーミンガム／ジュノー
　　　駆逐艦　10隻
　打撃群（F・C・シャーマン少将）
　　戦艦　アイオワ
　　　　　マサチューセッツ／ワシントン／アラバマ
　　重巡　クインシー／タスカルーザ

軽巡　サンディエゴ／オークランド／ボイス／リノ
駆逐艦　14隻

第13任務部隊（ジェシー・B・オルデンドルフ少将）
戦艦　ノースカロライナ／コロラド／メリーランド
カリフォルニア／アイダホ
重巡　ポートランド
軽巡　メンフィス／マーブルヘッド
駆逐艦　12隻

第21任務部隊（アーレイバーク大佐）
重巡　サンフランシスコ
軽巡　トレントン／デトロイト
駆逐艦　8隻

第22任務部隊（クリプトン・F・スプレイグ大佐）
護衛空母　ガダルカナル／ソロモンズ／マニラベイ／ミッションベイ
軽巡　ラーレイ／リッチモンド
駆逐艦　10隻

南太平洋潜水艦隊（別動、チャールズ・A・ロックウッド少将）
パラオ級　8隻
ガトー級　24隻
テンチ級　6隻

■各種諸元

□飛行艇母艦　神川丸

※特設水上機母艦だった神川丸を飛行艇母艦へ改装した。
※同級改装として山陽丸がある。
※零式対潜水上機を搭載するため、両舷に張り出し甲板が設置された。
※両舷にクレーン二基を装備。
※水上機はカタパルト射出以外にクレーンで海面降下も可能。
※（　）内は山陽丸

基準排水量　7,120 トン（6,850 トン）
全長　150 メートル（142 メートル）
全幅　24 メートル（24 メートル）
主機　川崎ＭＡＮ型ディーゼル過給機関　1 基 1 軸。
　　（三菱ズルツァー型ディーゼル過給機関　2 基 2 軸）
出力　15,000 馬力（12,000 馬力）
速力　24 ノット（23 ノット）
兵装　高角　12·7 センチ 45 口径単装　4 基（前同）
　　　機銃　25 ミリ 2 連装　8 基（前同）
　　　　　　12·7 ミリ単装　10 基（前同）
倉庫　一段
舷側クレーン　2 基
搭載　新襲天　8 機
　　　零式対潜水上機　8 機

□飛行艇母艦『鳥（灘改）』型

※灘型の拡大設計艦。
※海軍正規部隊として飛行艇戦隊が配備されたため、必要数を急造することになった。
※飛行甲板を延長して 4 機搭載を可能とした。
※機関をディーゼル・ターボ 1 基 1 軸に変更。馬力増加と航

続延長を可能とした。
※必要数を満たすため、灘改型と同時並行の建艦となった。
※一番艦は1943年6月に完成。

同型艦　海鳥（うみとり）／天鳥／大鳥／晴鳥／風鳥／波鳥／島鳥／潮鳥
水鳥／空鳥／夜鳥／白鳥／黒鳥／紅鳥／青鳥／幸鳥
排水量　1,120トン
全長　80メートル
全幅　14メートル
主機　三菱製ディーゼル・ターボ1基1軸
出力　6,800馬力
速力　24ノット
航続　14ノット時6,000浬
機銃　20ミリ連装機関銃　4基（スポンソン配置）
12·7ミリ単装機銃　4挺
搭載　新襲天　4機
乗員　126名

□広域海防艦『海防二号（新海）』型
※海軍部隊用に、さらなる性能向上を求められたための改良艦。
※新型号数になっているが、実質的には海防一号改二型となる。
※機関をディーゼル・ターボ1基1軸に変更。馬力増加と航続延長を可能とした。

同型艦　新海〇一～二〇
排水量　930トン
全長　70メートル
全幅　8·4メートル
主機　三菱製ディーゼル・ターボ一基一軸
出力　6,800馬力
速力　25ノット
航続　14ノット時6,500浬

備砲　12センチ45口径単装両用砲　2基（前部）
機銃　20ミリ連装機関砲　2基
　　　12・7ミリ単装機銃　6挺
魚雷　二式500キロ軽魚雷四連装発射管　2門（横2・縦2の二段構成）
爆雷投射基　2基　80発
乗員　110名

RYU NOVELS

帝国海軍よろず艦隊④
和平のための戦争

2020年8月20日　初版発行

著　者　羅《ら》門《もん》祐《ゆう》人《と》
発行人　佐藤有美
編集人　酒井千幸
発行所　株式会社　経済界
〒107-0052
東京都港区赤坂 1-9-13　三会堂ビル
出版局　出版編集部☎03(6441)3743
出版営業部☎03(6441)3744
振替　00130-8-160266

ISBN978-4-7667-3287-0

印刷・製本／日経印刷株式会社

Printed in Japan

RYU NOVELS

ラバウル要塞1943[1][2]	吉田親司
鉄血戦線	林　譲治
天正大戦乱　信長覇王伝	中岡潤一郎
帝国海軍よろず艦隊[1]〜[3]	羅門祐人
技術要塞戦艦大和[1]〜[3]	林　譲治
百花繚乱の凱歌[1]〜[3]	遙　士伸
天正大戦乱　異信長戦記[1]〜[3]	中岡潤一郎
日中三日戦争	中村ケイジ
ガ島要塞1942[1][2]	吉田親司
天空の覇戦[1][2]	和泉祐司
極東有事　日本占領[1][2]	中村ケイジ
戦艦大和航空隊[1]〜[3]	林　譲治
パシフィック・レクイエム[1]〜[3]	遙　士伸
大東亜大戦記[1]〜[5]	羅門祐人 中岡潤一郎
異史・新生日本軍[1]〜[3]	羅門祐人
修羅の八八艦隊	吉田親司
日本有事「鉄の蜂作戦2020」	中村ケイジ
孤高の日章旗[1]〜[3]	遙　士伸
異邦戦艦、鋼鉄の凱歌[1]〜[3]	林　譲治
東京湾大血戦	吉田親司